俳句ガール

堀 直子
高橋由季 絵

小峰書店

もくじ

1 サイテー！

おかあさんは、きょうもおばあちゃんの家にいっている。中一のおねえちゃん、ありさは、剣道部《けんどうぶ》の部活でいそがしい。

四年生の二学期がはじまって一週間たった、その日の帰り道。

梅野《うめの》つむぎは、ぶるぶるっと犬のように頭をふった。

「あーあ」

思ってもみないため息がでた。からだの力が全部ぬけた。

きょうも、せんたくものをとりこんで、夕ごはんのお米をとぎ、風呂《ふろ》そうじをするのは、つむぎの役目だ。

あたしが、おかあさんのかわりに、家事をしなくちゃいけなくなったのは……。

つむぎはふっと考えた。

となり町でくらすおばあちゃんの世話を、おかあさんがするようになってからだ。おばあちゃんは、おかあさんの母親なので、それもしかたない。

おじいちゃんが亡《な》くなったのは一年まえだ。おばあちゃんはそれからずっと、ひとりでくらしている。でも、夏休みにはいるすこしまえから、おばあちゃんに、ちょっとした変化《へんか》があった。そういえば、このあいだおばあちゃんの家にいったとき、たまご焼《や》きをまっ黒こげにしたり、つむぎとありさの名前をまちがえて呼《よ》んだりしていた。

おかあさんにいわせると、「おばあちゃんがぼけぼけになったわ」ということだ。

ぼけぼけとはなんだろう？

よくわからないが、これもおかあさんにいわせると、

「おばあちゃんって、若《わか》いときは、超《ちょう》頭の回転が速かったのよ。つまりなんでもバリバリできる人。それがねえ、まったくその反対になっちゃったわ」ということらしい。

おばあちゃんは八十歳《さい》だ。

ごはんもつくれない、そうじもできない、新聞も読まず、朝からぼーっとしているおばあちゃんを見て、おかあさんは、ケアマネージャーにそうだんをした。ヘルパーさんがおばあちゃんのめんどうを見てくれることになったけど、心配なのか、おかあさんは、毎日といっていいほど、おばあちゃんの家にいく。

でもさ。

つむぎは口をまげる。おかあさんのいない家は、つむぎばかりに用がふえて、なんだかてんてこまいだ。

けっこん式場につとめているおとうさんは、いつも帰りがおそい。

ありさは、勉強や部活を理由に、家事をつむぎにおしつける。

親友の生田《いくた》ミナミは、きょうから英語《えいご》の塾《じゅく》へかようことになったらしい。

親のすすめで、グローバルな考えかたのできる人間に、なってほしいからだって。

ミナミが「サイテー、英語《えいご》なんてだいっきらい」ってわめいていたけど、塾《じゅく》のほうが、せんたくものかたづけやお米とぎや、風呂《ふろ》そうじより、きっと何倍も楽しいだろう。

グローバルな人間か。

グローバル……。意味はよくわからないが、なんか、とてつもなくかっこいい。

いいなあ。そんなふうに親から思われるなんて。

考えてみれば、つむぎはなんの習い事もしていない。ピアノやダンスのけいこ、水泳やそろばん、もちろん塾《じゅく》だって。

おかあさんはつむぎのことより、いまは、おばあちゃんのぼけぼけのほうが、心配なのだ。
つむぎは家につくと、二階の自分の部屋にはいり、ベッドの上に寝《ね》そべった。
あたしもグローバルになりたいよ。
でも、お米とぎがまっている。
「あー」
サイテー。
つむぎはわざと大きな足音をたてて、階段《かいだん》をおりていった。

2 男オオカミ

「ねえねえ、聞いてよ、つむぎ」

次の朝、教室のろうかがわの席《せき》につくなり、ミナミがまちかまえていたように
いった。

ミナミの席《せき》はななめまえだ。

「あたし、正解《せいかい》だった。英語塾《えいごじゅく》にいって」

つむぎは首をかしげた。

あんなにいやがっていたのに？

「だってさ、先生が超《ちょう》イケメンでさ」

ミナミはにやにや目じりをさげた。

「もう、ほんと、かっこいいんだから。あっ、名前はスコット、カナダ出身の二十四歳《さい》、よろしくぅ」

なにそれ？

なんか自分のボーイフレンドでも、しょうかいするみたいだ。

「クラスの男子とくらべたら、もうぜんぜん、お、と、な」

そりゃあそうでしょ？

十歳《さい》といっしょにしないでほしい。

「うちは、なんてったって、女子が強いからね」

つむぎは、きょうもクラスの女子たちにちやほやかこまれている、前田あさかと大倉《おおくら》マイをじっと見つめた。

やっぱり、きれい。

二人とも四年二組の女子のリーダー。人気があって、たんにんの今西先生からも一目《いちもく》おかれている。

あさかちゃんとマイちゃんのグループに、はいってないのは、あたしとミナミぐらいなもんだよな。

ミナミは、ひとりがいちばん気楽でいいといっている、かわりものだ。

そんなミナミにつむぎは、幼稚園《ようちえん》のときからくっついている。くっついていれば、安心だから。

いじめられることもないし、宿題だっておしえてもらえる。

からだは小さいのに、背《せ》すじをぴんとのばして歩くミナミはかっこよく、あさかやマイのグループにはいれなくても、ミナミといれば百人力だ。

「男子は、女子にちっとも頭があがらないよね。男って、悲しいね」

ミナミがさらにだめおしをした。

二組の男子は四、五人の小さなグループにわかれているけど、それをとりまとめているのが、松本《まつもと》レオだ。

しかしレオも、あさかやマイには、なぜか頭があがらない。

レオは学年でいちばん勉強ができて、スポーツもとくいなのに。

「ゆいいつ、たちうちできるのは大河一生《たいがいっせい》」

「うん、まあね」

でもさ、ミナミだって、負けてないよ。

つむぎは窓《まど》ぎわのいちばんうしろの席《せき》を見た。一生のかげも形もない。

一生くんは、いつもぎりぎりにくるから。っていうか、ちこくばっかり。

髪《かみ》は長めのキツネ色、ジーパンに黒いT《ティー》シャツ。がにまたで、ポケットに手をつっこんで、肩《かた》をいからせ歩いている。

ケンカが超《ちょう》強くて、六年生でもかなわないというわさ。

クラスのいっぴきオオカミ、とでもいったらいいのか。

クラスの女オオカミがミナミなら、男オオカミはもちろん一生だ。

いっぴきオオカミだから、一生はクラスのだれとも話をしない。みんなも、がぶりとかみつかれるのがいやなので、話しかけない。

そう考えて、はっとした。

あたし、あさかちゃんやマイちゃんと、あまり話したことないなあ。

なんか二人のそばにいるだけで、つむぎは、どきどきして、のどがつまって、うまく話せないのだ。

なんのとりえもないつむぎは、やっぱり、キラキラ女子の仲間入《なかまい》りはできないのかもしれない。

あたしって、だめだなー
まだ朝なのに、じゅぎょうもはじまっていないのに、なんだかぐったりして、つむぎは考えることをやめた。

3 壁《かべ》のリボン

日曜日の朝。

おかあさんがつくってくれたサンドイッチを食べようとしたら、電話がなった。

ありさはまだベッドのなか、おとうさんは仕事でいない。

やけくそで受話器《じゅわき》をとったら、おかあさんの声がびんびんひびいた。

「あっ、つむぎ。いま、おばあちゃんちからかけてるの。聞いてる？　おばあちゃん、きょうは、ひまわりホームにいっているんだけど、おばあちゃんにわたす薬を、うちからもってくるの、おかあさん、わすれちゃったの。つむぎ、悪いけど、ホームまでとどけてくれないかな？」

おばあちゃんは週に二回、デイサービスにかよっている。ぼけぼけがこれ以上《じょう》《い》すすまないように、ご近所のお年よりたちと交流の時間をもったり、趣味《しゅみ》を見つけけりしたほうがいいと、ケアマネージャーにいわれたのだ。

足が悪いので、マッサージもしてもらえるし、ひまわりホームのスタッフの人が、朝九時に車でおばあちゃんをむかえにきて、夕方家まで送りとどけてくれる。

つむぎは、一回ぐらい薬をのまなくたっていいんじゃないのと思ったが、おかあさんは強引《ごういん》だ。

「カルシウムと高血圧《こうけつあつ》の薬、台所の食器戸《しょっき》だなのひきだしにはいっているわ。おかあさん、きのう薬局へもらいにいったのにね、すっかりわすれていたのよ」

なんだ。だったら、全部おかあさんの責任《せきにん》じゃないか。

「ひまわりホームは、うちからのほうが近いのよ。つむぎ、ホームまでいって、おばあちゃんに、薬をわたしてもらえる？　おかあさん、いま、手がはなせなくて」

あー、また？

つむぎは頭をくしゃくしゃかいた。お休みの日まで、用事をたのまれるなんて。なんか、世界一かわいそうな自分だと、しみじみ思ったが、残《のこ》りのサンドイッチを口につめこみ、牛乳《ぎゅうにゅう》でおしながし、おかあさんから教えてもらった道を、つむぎはひまわりホームまで、ぐでぐでと歩いた。

ひまわりホームは、北大宮市《きたおおみやし》のふみきりをこえた大型団地《おおがただんち》のなかの一階にあった。団地《だんち》の手まえにある市民《しみん》病院の庭をつっきれば、つむぎの家から十五分もからない。

こんなに近かったんだ。

まるでどこかの幼稚園《ようちえん》みたいだ。ドアや窓《まど》には、ひまわりの花かざりがしてあって、まだ夏を思わせるひざしが、いっぱいふりそそいでいる。

ドアのまえでまごまごしていたら、緑のジャージすがたのおねえさんが、にっこりしてやってきた。

「なにか、ごようですか？」

「あの……おばあちゃんの、薬もってきました」

つむぎはこたえた。

「もしかして、北川《きたがわ》さん？　北川さんのおまごさん？」

「はい」

おねえさんは、ほっとしたようすだった。

「北川さんね、お昼ごはんのあとに飲む、薬をわすれたって心配していたから、いま、おうちに電話しようと思ってたところなの。ありがとう」

薬だけわたしてさっさとかえればよかったのに、つむぎはスリッパにはきかえて、なかにはいった。

吹上《ふきあげ》さんっていうさっきのおねえさんが、ゆっくり見学でもしていってと、やさしくいってくれたからだ。

なかにはいっておどろいた。学校の教室よりせまいのに、なんだかゆったりとしている。よくみがかれた木のゆかと白い壁《かべ》、奥《おく》にはトイレと、ピンクのレースのカーテンでしきられた台所がある。あまい、いいにおいが流れてくる。

おばあちゃんは、壁《かべ》ぎわのいすにすわって、名札《なふだ》に村井《むらい》と書かれた若《わか》い男の人に、足をマッサージしてもらっていた。

「おばあちゃん」

つむぎがかけよると、おばあちゃんはすこしおどろいたみたいだったが、頭をなでてくれた。

いつも、足が痛《いた》い痛《いた》いと、顔をしかめてばかりいるのに……。おばあちゃんはとてもごきげんだ。

ほかにも十人ぐらいのお年よりがいて、運動器具《きぐ》や電動ベッドを使って、手足を動かしたり、腰《こし》をマッサージしてもらったり、平行棒《へいこうぼう》のようなものにつかまって、歩く練習をしたりしている。

十時のおやつの時間になって、お年よりたちが、まんなかのテーブルにあつまった。吹上《ふきあげ》さんよりすこし年上の女の人が、おやつのプリンをくばりはじめた。名札《なふだ》には、ホーム長・安田と書かれている。プリンは生クリームがたっぷりとかかって、大きなイチゴまでのっかっている。

「はい、どうぞ」

つむぎの目のまえにも、プリンがおかれた。

あたしも、いいの？

つむぎはびっくりした。

「特別《とくべつ》ですよ、きょうは」

安田さんが片目《かため》をつぶってみせた。

おばあちゃんのとなりにすわって、いただきまーすといったら、ほかのお年よりたちがにこにこした。

つむぎはあっというまに平らげた。

「おいしい」

おばあちゃんはまだ、むしゃむしゃ食べている。

安田さんは台所にもどって、こんどはお茶のよういだ。

村井《むらい》さんは平行棒《へいこうぼう》のかたづけをし、吹上《ふきあげ》さんは、壁《かべ》にはってある数枚《すうまい》の細長い紙の上に、赤いリボンをびょうでとめはじめた。リボンは、大きいのから小さいのまでいろいろだ。

まるで、教室のうしろの壁《かべ》に、じょうずにかけたクラスの友だちの絵や習字を、先生がていねいにはっていくようだ。はりだされた絵や習字には、五重まるが、いつもくるくるっとまぶしく光っている。

あたしのは、はられたことなんか、いちどもないけど……。

あれ？

つむぎは目をこらした。

いちばん大きな赤いリボンがつけられた紙には、北川やよいと書いてある。

北川やよいは、おばあちゃんの名前だ。

つむぎは立ちあがって壁《かべ》のまえまでいった。

細長い紙には、なんだかおかしなことばがつづられている。

乳母車　おす手にとまれ　赤とんぼ　　北川やよい

「ちち？　はは……。くるま？」

なんだ、これってなんだ？

「うばぐるまよ」

うばぐるま？

「ベビーカーのこと」

吹上《ふきあげ》さんがいった。

乳母車
おす手にとまれ
赤とんぼ
北川やよい

「このあいだね、俳句《はいく》の時間に、北川さんのつくった俳句《はいく》が、一等賞《とうしょう》になったの。もちろん、俳句《はいく》の先生がえらんだのよ」

「おばあちゃんが……？」

すごい。

おばあちゃんは、器《うつわ》の底《そこ》にくっついたプリンを、いっしょうけんめいスプーンですくっている。

おかあさんは、おばあちゃんがぼけぼけになったたっていったけど……。

一等賞《とうしょう》をとるなんて、あたしより、ぜんぜんすごいじゃん。

「おばあちゃん」

つむぎはおばあちゃんの肩《かた》をゆさぶった。

「おばあちゃん、俳句《はいく》、一等賞《とうしょう》だったの？」

「ほう、おばあちゃんが？」

おばあちゃんはきょとんとした。

俳句《はいく》って、五、七、五だっけ？

たんにんの今西先生が、いつかじゅぎょうでいっていた。

俳句《はいく》は、五、七、五で、短歌が、五、七、五、七、七。

今西先生は、小学生のときから俳句《はいく》や短歌がだいすきで、ときどきじゅぎょうのあいまにも、

「こんなのができたぞ」

って、発表してくれるのだ。クラスのみんながぽかんとしていると、ほれ、拍手《はくしゅ》、拍手《はくしゅ》ってとくいがるのが、ちょっと玉にきずだけど。

「見てよ、おばあちゃん」

つむぎは大きな赤いリボンを指さした。

「乳母車《うばぐるま》、おす、手に、とまれ、赤とんぼ。ほらっ」

「つむぎのおかあさんが赤ちゃんだったころを、思い出したんだよ」

おばあちゃんがいった。

「そうなの？　おばあちゃんが、おかあさんを乳母車《うばぐるま》にのせたの？」

なんだかおかしくなった。

おかあさんが赤ちゃんだったなんて。

そのころは、おばあちゃんも超《ちょう》元気で、乳母車《うばぐるま》をすいすいおしていたのかな？

「お題が、赤とんぼだったのさ」

おばあちゃんのとなりにすわっていた、しらが頭のおじいさんがいった。

お題？

「ちなみに、わしのは二等賞《とうしょう》」

おじいさんがむねをはった。

赤とんぼ　大橋わたるや　空の影《かげ》

おじいさんの俳句《はいく》には、おばあちゃんのより、すこし小さめのリボンがつけられている。

「へーえ、すごい」

意味はよくわからなかったけど、赤とんぼってことばを、どこかに入れてつくるんだな、ってことは理解《りかい》できた。

「赤とんぼは、秋の季語《きご》だから、ちょうどいまの季節《きせつ》にあっているでしょ？」

吹上《ふきあげ》さんがいった。

そうか、赤とんぼが、季語《きご》で、お題ってわけだ……。

「わたしは、その日休んじゃったからね。もしさ、休まなかったら、わたしが一等賞《とうしょう》だったね」

こんどはおばあちゃんのむかいの、はでなスカーフを首にまいたおばあさんがいった。

「ことしの春から、うちのホームでは、俳句《はいく》をとりいれたのよ。これまでも、絵をかいたり、手芸《しゅげい》をしたり、歌をうたったり、それぞれ曜日ごとに、趣味《しゅみ》の時間がもうけられていたんだけど、俳句《はいく》、やってみたら、かなり人気が高くてね。俳《はい》句《く》たんとうの先生が、とってもユニークだから」

吹上《ふきあげ》さんがいった。

お茶を運びながら、安田さんと村井《むらい》さんがにこにこうなずいた。

「歌をおしえるのが、吹上《ふきあげ》さん、安田さんが手芸《しゅげい》、村井《むらい》くんが絵のたんとうだったかな」

しらが頭のおじいさんがいった。

「わしは、俳句《はいく》だけじゃないよ、音楽……。とくに、クラッシックがだいすきだ」

へーえ。

「あとは、おやつの時間」

お年よりたちがいっせいに笑《わら》った。

おばあちゃんがしんけんな顔でいった。

「若《わか》いころ、おばあちゃん、俳句《はいく》をならっていたんだよ」

「そういえば、俳句《はいく》の石原先生が、北川さんをほめておったわ」

おじいさんがいった。

石原先生……？

知らなかった、おばあちゃんにそんな才能《さいのう》があったなんて。

おかあさんは知っているのかなあ？

ぼけぼけの人でも俳句《はいく》はつくれるの？　それともおばあちゃんは、ぼけぼけではないの？

とにかく、おばあちゃんはうれしそうだった。

それは、みんなにほめられたからだ。

あたしも、ほめられたい、いちどでいいから。

夕ごはんのあとで、おかあさんから、なんども「ありがとう」をいわれた。

「つむぎは、ほんとうによくやってくれるわ。おかあさん、助かっちゃう」

ありさが、ぎろっとつむぎを見た。

「薬なんか、だれだってとどけられるわ。となりんちのワンコでも」

つむぎはちくっとむねがいたんだ。

「あたしには、そんな時間はないの。薬をとどけるひまがあったら、英単語《えいたんご》のひとつでもおぼえたい。おぼえたいのよ」

なにいってんの？　おねえちゃん。

「あたしは走りつづけたいの。たちどまっていたくないの。自分にごほうびをあげられる日まで」

「まああ、人間、休養《きゅうよう》もだいじだよ」

おとうさんがいった。めずらしくきょうは、家族全員そろっての夕ごはんだ。

「いいえ、おとうさん、あたしは、一分でもむだにしたくない。東大に受かるためには」

そうだった。ありさの夢《ゆめ》は、東大進学だったのだ。

でも、いびきかいて、まっ昼間からよく寝《ね》ているし、ねんがらねんじゅう食べてるし、ゲームやオカルトマンガがだいすきで……。あとは、友だちの悪口ばかりいっている。

けっこう、むだなことをしていると思う。

「うれしいわ、おかあさん、東大をめざすむすめと、家事をやってくれるむすめに、めぐまれて」

つむぎはかくんとうなだれた。

おかあさんは、あたしをやっぱり、その程度《ていど》にしか見ていないんだ。

家事をやってくれるむすめ。

あたしは、そんなことのために、ここにいるんじゃない。

生まれてきたんじゃない。

4　ひとりぼっちのほうかご

五時の下校をつげるチャイムがなっている。だれもいない教室。

つむぎはカーテンをほんのすこしあけると、ろうかがわの自分の席《せき》にすわって、うでをくんだ。かすかな夕焼《ゆうや》けの光が、つくえの上でおどっている。

あたしは、きょう、おそく帰ってやる。

なんともいえない怒《いか》りと悲しみで、はちきれそうだった。

おかあさんがいったことばに、つむぎはふかく傷《きず》ついていた。

――家事をやってくれるむすめ。

おかあさんは、つむぎがよろこんで、家事をやっているとでも思っているのだろうか？

だとしたら、おかあさんのかんちがいをなおさなきゃいけない。

つむぎだって、ふつうに友だちと遊びたい。塾《じゅく》にいきたい。英語《えいご》だって習いたいのだ。

きょうは、お手伝《てつだ》いをさぼってやる！

おかあさんは、せんたくもののとりこみも、風呂《ふろ》そうじも、夕ごはんのお米とぎもしていなかったつむぎを、おこるだろうか？

つむぎはくちびるをかたくむすんだ。

いいや、おこられても。

あたしはやらない。あたしは、きょうから生まれ変わるんだ。おねえちゃんみたいに、自分のためだけに生きるんだから。

つむぎは席《せき》から立ちあがると、黒板のまえまで歩いていった。

黒板は、緑の池みたいにつやつや光って、つむぎをよせつけない。

つむぎのなかに、ふとあらあらしい気持ちがわいた。

つむぎはその緑のまんなかに、「赤とんぼ」と、チョークをつき立てるようにして書いた。

チョークがぼきっと折《お》れ、「ぼ」の文字がとちゅうで切れた。

羽が……ちぎれちゃった……。

ごめん、赤とんぼ。

すると、おばあちゃんの俳句《はいく》が、頭のなかでぐるぐるまわりだした。

「ちぎれた羽を　かえしてよ　赤とんぼ」

いっしゅんどきっとした。つむぎの口をついてでたことば。

なにかのおまじないのようだったが、ゆっくりとことばの数をかぞえた。

「なんか、おかしいな」
五、七、五になってない……？
「そうか、赤とんぼを、最初《さいしょ》にもっていったら、いいのかも……」

つむぎは、はやる気持ちをおさえながら、黒板に書きとめた。

赤とんぼ　ちぎれた羽を　かえしてよ

「やった。五、七、五になった」

これって、俳句《はいく》だよね？

あたしにも俳句《はいく》ができたんだよね？

あーあ。

つむぎは夢《ゆめ》からさめたように、頭をかきむしった。教室がまたいちだんと暗さをました。

あたしったら、なにやってんだろう。

こんなことして、どうなるというんだろう。

つむぎは黒板消しをつかんだ。

なにが、俳句《はいく》よ……。

ふかいため息を二度もはき、つむぎは、やけになって黒板消しを動かした。

ふかいしんとした緑の池が、ふたたびあらわれた。

赤とんぼ　ちぎれた羽を　かえしてよ

消したばかりの文字が、緑のなかにぼーっとうかびあがる。

おばあちゃん……。

つむぎはふるえる手でもういちどチョークをにぎった。ぼーっとうきでた文字をなぞるようにして、力強く書きなおした。

これは、いまのあたしの気持ちだ、あたしの心だ。

消しちゃいけない。

消したくない。

だって、いまはちぎれているかもしれないけど、あたしだって、羽をひろげて、いつか、空をとべるんだ！

つむぎはランドセルをつかむと、猛《もう》ダッシュでかけだした。

5 なぞの暗号

朝、教室にはいると、クラスじゅうがおおさわぎだった。

「見て見て、つむぎ。あれを！」

ミナミが黒板を指さした。

赤とんぼ　ちぎれた羽を　かえしてよ
赤とんぼ　食うネコののど　なめらかだ

「なにこれ？」

つむぎは心臓《しんぞう》がとびだしそうになった。

右がわの赤とんぼの俳句《はいく》は、たしかに自分が書いたものだ。消さないで、そっと残《のこ》しておいた自分の存在《そんざい》。自分の気持ちが、いっぱいつまった俳句《はいく》だったから。

だけど、となりに書かれているのは……。

だれなの？　あたしの俳句《はいく》のとなりに、だれが、書いたの？

「これは、いたずらがき？　それとも、なにかの暗号？」

あさかがうでをくんだ。

「暗号？」

ミナミがまゆをはねあげた。

「ていうか、俳句《はいく》がふたつでしょ？」

「俳句《はいく》……」

マイがあさかのとなりで、ぶつぶつといいはじめた。

「五、七、五……。今西先生がこのあいだ、おしえてくれたやつね。わ。やっぱり、俳句《はいく》だ、それもふたつ」

「だから、いったじゃん」

ミナミがばかにしたようにいった。

あさかがとつぜん、かなきり声をあげた。

「もうっ、きみが悪いわ。ちぎれた羽とか、赤とんぼ、食うとか！」

「ほんとほんと」

マイも大きくうなずいた。

「きのうの日直とうばんは、岡村《おかむら》さんと山北くんじゃなかった？　どうして気がつかなかったの？」

あさかはクラスじゅうを見わたしながら、黒板消しをさっさと動かした。

あー。

あたしが消えた。羽がぜんぶ消えちゃった。

赤とんぼ
ちぎれた羽を
かえしてよ
赤とんぼ
食うネコののど
なめらかだ

「あたしたち、ちゃんときれいに、黒板ふきました」

岡村《おかむら》まりえが口をとがらかした。

「そうだよ」

山北じゅんも抗議《こうぎ》した。

「あたしたちが帰ったあと、だれかが、いたずらがきしたのよ」

まりえは泣《な》きそうだ。

ミナミが、まりえの肩《かた》をたたきながらいった。

「でもさ、けっこう気持ち的《てき》にはわかるじゃん」

ミナミ……。

「ちぎれた羽でもいいから、空を自由にとびたいってことでしょ？」

「でも、ネコに食べられちゃうんでしょ？」

マイが口をとがらかした。

「まあね、エグイけど。エグイけどさ、なんか、悪くはないって思うよ」

どうしてだよ、ミナミ。赤とんぼ、ネコに食べられちゃったら、もうとべないんだよ。

「先生くるわよ」

あさかがさけんだ。

じゅぎょうちゅうは、ちっとも身がはいらなかった。

このクラスのだれかが、自分の俳句《はいく》のとなりに、もうひとつ俳句《はいく》を書いた。それも、イメージ的《てき》にはつながっているものを。

ちぎれた羽でもとびたいのに、ネコにむしゃむしゃ食べられて、はい、おしまい、みたいな。

なんか、いやな感じ。

だれだろう？　だれがつくったの？

どんな目的《もくてき》があって？

悪意しかないよね？

つむぎはこっそりとクラスじゅうを見まわした。みんなちがうようにも思えるし、みんなが犯人《はんにん》のようにも思える。

犯人《はんにん》は、つむぎがつくった俳句《はいく》だと知っているのだろうか？

やっぱり、いじわるで……。

つむぎは目をとじた。

あたしは、そんなふうに、だれかのうらみを買う人間だったの？

でも。

ネコのなめらかなのどって、なかなか、いえないよね。

そういうとらえ方って。

ほうかごになると、つむぎはふたたびだれもいない教室にしのびこんだ。

大きく息をすうと、黒板に書いた。

テープ切る　風になりたい　運動会

これも自分の気持ち。
つむぎは、運動会がだいきらいだ。走るのはおそいし、ダンスもにがて。
おとうさんやおかあさんが見にきてくれても、いいところが見せられない。
もうすぐ運動会のれんしゅうがはじまると思うと、ゆううつになる。
だから、つむぎは、はきだしたかったのだ、自分の気持ちを、ここに。
いちどでいいから、一等賞《とうしょう》になりたいから。
つむぎははっとみがまえた。
だれかいないか？　あたしを見ていないか？
だいじょうぶ、だれもいない……。

6

犯《はん》人《にん》はだれ？

次の朝、どきどきするむねをおさえ、教室にはいると、黒板のまえではざわざわ人だかりがしていた。

テープ切る　風になりたい　運動会
テープ切る　むねの高さに　風光る

こ、これって……。
つむぎはあぜんとした。

なんかあたしの俳句《はいく》より、うまくない？

「なんで、いつも俳句《はいく》がふたつならんでいるのよ」

あさかが声をとがらせた。

「どっちか、いいほうをえらべって、いってるんじゃないの？」

マイが自信《じしん》たっぷりにいった。つむぎはおもわず下をむいた。

「犯人《はんにん》のねらいはなに？」

あさかが目をぎらっと光らせた。

「犯人《はんにん》じゃなくてさ、作者じゃないの？」

ミナミがいった。

「黒板にいたずらがきした犯人《はんにん》よ、は、ん、に、ん。きのうから、たてつづけにね、度がすぎると思わない？」

「けどさ、このふたつめの俳句《はいく》って、最初《さいしょ》の俳句《はいく》のイメージをうけて、つくっているんだよね？」

レオがいった。

「いたずらがきにしては、レベルたかっ！」

「そういう問題じゃなくてね」

あさかがいった。

「黒板にいたずらがきを、なんでするのかが、問題」

「だれか、じゅぎょうを、ぼうがいしようとしてるんじゃない？　あさかちゃん」

マイがいうと、こんどは女の子たちがそろってうなずいた。

——ぼうがい？

ひどい、そんなこと。

「けどさ、いいじゃん、なんかおそろいで、俳句《はいく》つくってるみたいでさ」

ミナミがいった。

「先生に評価《ひょうか》してもらわない？」

レオがいった。

「だったら、どうどうと、作者名を書くべきよ。自分の書いたものに自信《じしん》があるのなら」

あさかが黒板消しを、またひと息にふりおろした。


「ミナミ、あの……」

英語塾《えいごじゅく》があるからって、小走りに校門をでたミナミを、つむぎはひきとめた。

「あのさ……」

「なによ、スコットがまってるんだから」

ミナミがちろっとにらんだ。

「早くしないと塾《じゅく》おくれちゃうよ」

「あたしなの、犯人《はんにん》」

「はい？」

ミナミがきょとんとした。

「黒板にいたずらがきをした犯人《はんにん》」

「つむぎが？」

ミナミはきんもくせいの木かげに、つむぎをひっぱりこむといった。

「ほんと？」

「うん」

「つむぎ、やるじゃん」

ミナミはつむぎの頭をなでまわした。

「すごいじゃん、超感動《ちょうかんどう》」

ミナミ……それって、ほめてくれてるってこと。

いつもいくじなしのあたしが、黒板にらくがきしたから？

そんな思いをふりきるようにして、つむぎはつづけた。

「でもね、あれ、最初《さいしょ》の俳句《はいく》は、あたしのだけど、ふたつめはちがうの」

「やっぱり?」

ミナミがうなずいた。

「ふたつめは、俳句《はいく》になれてるっていうかさ、イケてるっていうかさ、そんな感じがした」

そりゃあ、あたしは、俳句《はいく》になれてないよ。イケてもいませんよっ。

「だいいち、筆跡《ひっせき》がぜんぜんちがうじゃんか」

「だからさ、ふたつめの俳句《はいく》をつくったのは、いったい、だれだ? ってことよ。ミナミ」

いいながら、つむぎはぞくっとした。

だれが? あたしへのあてつけ?

「だれが?」

ミナミもおなじことを聞いた。

「だから、そのだれかを、知りたいの」

「つまりこうか。今西先生がいってたじゃん。むかしはスマホもケータイもなかったから、すきな相手に告白《こくはく》するときは、歌をさらさらっと紙に書いて、送るわけよ。すると、相手もさらさらっと返事をしてくれた。これで、ハッピーエンド」

「ちょっとちがうかも……」

「そお?」

「だって、歌じゃなくて、俳句《はいく》だよ」

「……ゆうれいか……」

「えっ?」

ミナミが低《ひく》い声でいった。

「むかしむかし、あの教室で自殺《じさつ》した女の子の霊《れい》。俳句《はいく》がすきですきでだーいすきで……。もっとつくりたかったぁ、もっとつくりたかったぁ~って……。あんたのうしろに、ほら!」

「やめてよ」

つむぎは腹《はら》をたてた。

こっちは真剣《しんけん》なのに。どうして、ミナミはちゃかすんだろう。

「てへ」

ミナミが笑《わら》った。

「悪いけど、つむぎ。きょうはむり。犯人《はんにん》さがしは、あしたやろう。そんじゃあ、スコットがまってるから」

ミナミのうしろすがたを見送りながら、つむぎはイーと舌《した》をつきだした。

帰ろう、あたしも。

ふっとふりむくと、四年二組の教室に、人かげが見えた。そうじがまだおわらないのか？　それとも男子がふざけているのか？

とぼとぼと道を歩きながら、やっぱりつむぎは気になってしかたがなかった。

もしも、つむぎのほかにもだれかが、俳句《はいく》を発表したがっているのだとしたら？

そのだれかさんは、すごいはずかしがりやなのかもしれない。

それで、つむぎのとなりに、自分の俳句《はいく》をこっそり書きそえた。

きっと、そうだよ。

あてつけや、いじわるで、つむぎの俳句《はいく》のとなりに、ならべたわけじゃない。

だって、ことばづかいとか、超《ちょう》うまいじゃん。

つむぎのよりも、ぜんぜん。

その人の顔が見たかった。

なによりも、黒板にむかって、俳句《はいく》をつくっているときは、つむぎの心がうきうきとわきたつのだ。

「このごろ、つむぎったら、帰りがおそいわね」

おかあさんはそういって、肩《かた》をこきこきならしたっけ。

そんなに疲《つか》れているの？　おかあさん。

心が痛《いた》んだ。おかあさんが病気になるのはこまる。

でもね、おかあさん、あたしね……。

ほうかご、こっそりとひとり俳句《はいく》をひねりだすときのよろこびは、なににもかえられない。こんな気持ち、生まれてはじめてだ。

だからきっと、そのだれかさんも……。


つむぎはいそいで学校にもどった。教室にはだれも残《のこ》っていなかった。

「あっ」

びっくりした。へたくそな文字で、俳句《はいく》が書いてあるじゃないか！

メロンパン　おれが落とした　空の月

おれ？　おれだって？　だれかさんて、男子だったの？

こんどは、メロンパンで、先手をうってきた？

いっしゅんおどろいたが、つむぎの心は、ほんのりとあたたかくなった。

この人、メロンパンがすきなんだ。

いやいやそういうことじゃない、空の月をメロンパンにみたてたなんて。

道にメロンパンが、おっこちていたわけじゃない。

空の月さえ、自分の意志《いし》のままにできるっていう強い自信《じしん》。

なんか、すごすぎる。

つむぎはふたつめの俳句《はいく》を書いた犯人《はんにん》が、たんにんの今西先生ではないかとうたがったが、先生はあまいものがきらいだ。

やっぱり、今西先生じゃない。

今西先生なら、月をメロンパンなんかに、たとえないだろう。

つむぎは、白いチョークの文字をにらんだ。

もしかして、これは、あたしへの挑戦《ちょうせん》？
あたしに、こんどは、ふたつめの俳句《はいく》をつくれって、いっているの？
メロンパンのイメージをうけて、ほら、つくってみろ、つくれないだろうって？
あたしの力をためそうとしているんだ。どこかでにやにや笑《わら》っているだれか。
だれ？
うけてたつよ、あたし。
つむぎは、チョークをしっかりとにぎった。

メロンパン　おれが落とした　空の月
オムライス　みたいな月だね　帰り道

そう書いて、むねがはげしく鳴った。にげるように教室をとびだした。

7 俳句《はいく》の先生

日曜日、つむぎは、ひまわりホームへとつづく道をしょんぼり歩いていた。
あの朝、今西先生がやってくると、あさかがはいと手をあげていったのだ。
「先生。最近《さいきん》、黒板にいたずらがきが多くって、こまります。どうにかしてください」
マイがすかさず立ちあがった。
「きょうは、こんなのが書かれてました。
（メロンパン　おれが落とした　空の月）
（オムライス　みたいな月だね　帰り道）」

クラスのなかがざわめいた。

「ほかにも、いろいろと……。ちょっと読みます」

マイがメモ帳をひらいて、せきばらいした。

「(赤とんぼ　ちぎれた羽を　かえしてよ)(赤とんぼ　食うネコののど　なめらかだ)(テープ切る　風になりたい　運動会)(テープ切る　むねの高さに　風光る)」

「すばらしい」

今西先生がいった。

「じょうだんはやめてください、先生。毎朝、こんないたずらがきが、黒板に書かれているんです。わたしたち、とっても、めいわくしているんです」

あさかのことばはショックだった。

「わたしたち、これは、宇宙人《うちゅうじん》からのなぞの暗号か、それとも、ただのいたずらか、最初《さいしょ》はすごくなやみました」

「俳句《はいく》を書きのこす宇宙人《うちゅうじん》とは、かなりのロマンチストだ」

今西先生が、うっとり目をとじた。

「教室があらされたとか、なにか、ものがなくなっていたとか、だれかがケガをしたとか、そんなことは、なかったんだろう?」

「はい」

レオがいった。

「だったら、まあ、おおめに見てやってもいいんじゃないか? そのいたずらがきの犯人《はんにん》とやらを……。いいや、俳句《はいく》の作者をね」

「先生!」

あさかは、まだなにかいいたそうだった。

つむぎは、ふみきりのまえで立ちどまった。

やりきれない思いでいっぱいだった。

いっしょうけんめい書いたあたしの俳句《はいく》を、いたずらがきといわれたこと……。

宇宙人《うちゅうじん》からのなぞの暗号？　ばっかみたい。

あたしはおばあちゃんのように、俳句《はいく》をつくりたかったのよ！

俳句《はいく》を！

ばかにしないでよっ。

だけど、だれもみとめてくれないのは、とにもかくにも、つむぎの俳句《はいく》がへたくそだからだろう。

うまくなれば、おばあちゃんみたいに一等賞《とうしょう》がとれれば、だれにも文句《もんく》はいわれないはず。

うまくなりたい。

みんなをあっといわせたい。

ひまわりホームでは、日曜日の午後二時から、俳句《はいく》教室がはじまると聞いた。

おばあちゃんたちの教室をそっとのぞいて、俳句《はいく》がうまくなるためのひけつを見つけよう。

そう思って、つむぎは家をあとにした。

午後のひざしはとくにじりじりとして、夏がまたまいもどったようだった。

ふみきりをこえ、ひまわりホームへの近道となる市民《しみん》病院の中庭をつっきりながら、つむぎははっとした。

キツネ色の長い髪《かみ》の男子が、病院からでてきたのだ。

一生くん？

ジーパンのポケットに両手をつっこんでいる。

ちょっと猫背《ねこぜ》になりながら、おおまたですたすた歩いてくる。

やっぱり一生くんだ。

見つかったらまずいと思い、つむぎは建物《たてもの》の影《かげ》にさっとかくれた。

「あれっ？」

○○市民病院

つむぎは自分の目をうたがった。

一生が、ひまわりホームのなかへはいっていく。

一生のおじいちゃんかおばあちゃんでも、いるのだろうか。

つむぎは、しのび足でひまわりホームへ近づくと、花かざりのついた窓《まど》の下で腰《こし》をかがめた。キリンみたいに首だけのばし、あいた窓《まど》からなかのようすをうかがった。

ホームには、お年よりが十人ほどいて、えんぴつをにぎりしめている。まるでこれから、学校のじゅぎょうがはじまるみたいだ。

な、なんで？

つむぎは目をまるくした。

吹上《ふきあげ》さんといっしょにやってきたのが、一生だったからだ。

いったい、どういうこと？

「みなさん、石原先生ですよ」

「ちわっ」

と一生が、ポケットに両手をつっこんだまま、首だけへこりとさげて、あいさつをした。

一生くん？　石原……先生？

一生くんは、大河《たいが》一生っていう名前なのに？

「えっと、きょうのお題は、秋の空だよ」

一生がいった。

「わかったよ、先生」

このまえのしらが頭のおじいさんが、返事をした。

「秋の空、秋の空ねえ」

おばあちゃんがなんどもつぶやいている。

「北川さん、こんかいもがんばって」

「ありがとね」

おばあちゃんたら、とってもはつらつとして見える。

おばあちゃんの赤とんぼの俳句《はいく》に、一等賞《とうしょう》をあげたのは、一生くんだったの？

そんなことよりも、なぜ、一生が俳句《はいく》の先生なのか、疑問《ぎもん》ばかりがつむぎの頭のなかをかけめぐる。

いたっ。

なかをもっとよく見ようとして腰《こし》をあげたしゅんかん、足がすべり、そばにおいてあったバケツとモップをけとばした。

「だれ？」

吹上《ふきあげ》さんがすぐに気づいて、こっちにやってきた。

——やばい
「あらっ、北川さんの……。つむぎちゃんだったかしら？」

吹上《ふきあげ》さんがいった。

「そんなところで、なにをしているの？」

「あっ、いえ」

一生の視線《しせん》がつむぎにつきささった。皿のように目を見ひらいたまま、身動きひとつしない。

どうしよう……。

「いらっしゃい。見学でしょ？　熱心《ねっしん》ね」

「いえっ」

つむぎはいちもくさんにその場からにげだした。

つむぎは病院の中庭で、ひまわりホームからでてくる一生をまった。

中庭の花時計が、バラやパンジー、マーガレット、色とりどりの花々のなかでチクテクと動き、三時をしめしている。

俳句《はいく》教室がおわる時間だ。

聞きたいことがたくさんあったし、たしかめたいこともあった。

一生がこわくないといえばうそになるが、そうでもしないと心がおちつかない。

あっ。きた。

「一生くん」

つむぎは声をかけた。

「あのさ……」

一生はつむぎをむしして、そのままとおりすぎようとした。

「一生くん」

つむぎはもっと声を大きくした。

「あそこで俳句《はいく》の先生をしているなんて、あたし、知らなかったよ」

小学生が俳句《はいく》の先生だなんて、信《しん》じられない。

「うちのおばあちゃんもいるんだよ」

「それが？」

一生がつかつかとあゆみよった。やせっぽちのくせに、よくひに焼《や》け、意外と背《せ》が高い。

つむぎはおろおろとあとずさった。

なによ、なにすんのよ……。

「おれをまちぶせして、ストーカーみてえなまね、すんじゃねえよ」
ス、ストーカー？
「なにいってんのよっ。だれが！」

「うるせえ」

心臓《しんぞう》ががくがくとふるえた。両足をふんばって、つむぎは対抗《たいこう》した。

「ねえ、あたしのおばあちゃんに、一等賞《とうしょう》をあげたの、一生くんなの？」

「おい、梅野《うめの》」

一生がつむぎをにらみつけた。

「おれが、ひまわりホームにきてるって、だれにもいうなよ」

「どうしてよ?」

「どうしてもだよ、いいか、わかったか」

一生は肩《かた》をいからせ去っていった。

8　一生のひみつ

夕方、つむぎはミナミの家のインターホンをおした。

ミナミの家は、ふたりがよく遊びにいく、氷川《ひかわ》公園をはさんだマンションの五階。

「いらっしゃい」

ミナミのママが、弟の大和《やまと》をおんぶしながらでてきた。

大和《やまと》は去年生まれたばかり、お人形みたいでとってもかわいい。

「つむぎちゃん、夕ごはん、食べてくか？」

ミナミのパパが、玄関《げんかん》のとなりの部屋から顔をつきだした。

「きょうは、ぼくがうでによりをかけて、つくるぞ。なにが、いい？」

ミナミのパパは広告《こうこく》デザイナーで、いつも家で仕事をしている。

「あ、はい……。でも、いまあたし、いそいでいるので……」

軽く頭をさげて、ミナミの部屋にとっしんした。

「なによ、あんた、なにを、そんなに、あわててるのよっ」

ミナミがベッドの上で、あぐらをかきながらいった。

「ミナミ、たいへん。犯人《はんにん》がわかったかも……」

つむぎは息をととのえた。

「犯人《はんにん》は、あんたじゃなかったの？」

「もうひとりの犯人《はんにん》よ」

ミナミが首をかしげた。

「一生くん……」

「うっそ」

ミナミはあぐらをくみなおした。

「あいつが？」

「うちのおばあちゃん、ひまわりホームに通っているの、ミナミも知ってるよね？　一生くん、そこで、俳句《はいく》の先生をやってたの」

アッと思って口をつぐんだが、おそかった。

いっちゃった。

「うっそ」

「あの、これ、ここだけのひみつにしてくれる？」

ミナミがけげんそうな顔をした。

「あいつが、俳句《はいく》の先生を？　なんで？」

そのあとミナミは、おなかをかかえて笑《わら》いころげた。

「あいつに、五、七、五なんて、むりむりむり。そんなロマンチストじゃないよ、一生は」

「あたしね、ひまわりホームの人に、一生くんが、どうして俳句《はいく》の先生をしているのかって、聞いたの」

あのあと、つむぎはひまわりホームへもどって、吹上《ふきあげ》さんからそのわけを説明《せつめい》してもらったのだ。

「最初《さいしょ》はね、一生くんのおとうさんが、ひまわりホームの俳句《はいく》教室をうけもっていたんだって。一生くんのおとうさん、あかつき高校の国語の先生をしていて、俳句《はいく》の本をなんさつもだしているの。ちょっとした有名人らしいよ。でもね、心《しん》臓《ぞう》の病気で、入院しちゃって……」

あの日、一生くんが、市民《しみん》病院からでてきたのは、おとうさんのおみまいにいってたからなんだ。

「ひまわりホームでは、新しい俳句《はいく》教室の先生をさがさなきゃいけなかったけど、なかなかいい人がいなかった。それで、おとうさんが退院《たいいん》するまで、俳句《はいく》教室はおあずけってことになったの。でも、俳句《はいく》教室は好評《こうひょう》だし、お年よりたちがすごく楽しみにしていたのね。そんな楽しみをうばうのはかわいそうだって吹上《ふきあげ》さんは思って、あるとき、インターネットで俳句《はいく》の先生をさがしていたら、石原一生の名前がたまたまヒットした。これって、もしかして石原先生の息子《むすこ》さん？　なんかぴーんときたんだって。小学生だと知って最初《さいしょ》はびっくりしたけど、おとうさんに負けないくらい一生くんの俳句《はいく》がうまかったから、思いきって、おとうさんにお願《ねが》いしたの。おとうさんは自分が退院《たいいん》するまでの、ボランティアの俳句《はいく》の先生ならばってことで、オーケーしてくれた……」

「信《しん》じらんない」

ミナミが目をまんまるくした。

「ためしにいちど、俳句《はいく》教室を一生くんにやってもらったら、それがまた、おおあたりっていうか……。一生くん、お年よりたちに超人気《ちょうにんき》で、お年よりたちも一生くんがくると、とってもうれしそうなんだって」

あの一生くんが、お年よりたちとわきあいあい、おしゃべりしているなんて、あたしだって信《しん》じられない。

クラスではだれとも話さないのに。

ひとこと口をきけば、らんぼうなことばしか、かえってこないのに。

「でも、あれじゃん、一生の名字って、大河《たいが》じゃん」

ミナミがいった。

「おとうさんとおかあさんが、りこんしたのよ。で、一生くんは、おかあさんにひきとられたから、大河《たいが》の名字を、名のることになったんだって」

「俳句《はいく》教室は、石原一生で、やってるんだよね。石原はおとうさんの名字ってわけか……」

「うん……」

一生くん、りこんしたおとうさんが、すきなのかな？

「よっしゃ」

ミナミはベッドからとびおりると、机《つくえ》のパソコンをひらき、「石原一生」でさっそく検索《けんさく》をはじめた。

「おう、あったあった」

ミナミがとくいげに指さした。

つむぎはパソコンの画面をのぞきこんで、あんぐり口をあけた。

石原一生、小中学生の部、全国俳句《はいく》コンクール、最優秀賞受賞《さいゆうしゅうしょうじゅしょう》。

しかも、おとなにまじっての、権威《けんい》ある俳句《はいく》コンクールで入選《にゅうせん》までしている。

「なに、あいつ……」

ミナミがいった。

「ほんと、すごい……」

つむぎもあいた口がふさがらない。

「よー、おふたりさん、ディナーの用意ができましたよ、きのこのパスタですよ」

ドアのむこうから、ミナミのパパの声がのんびりとどいた。

9　ほうかごのバトル

つむぎはほうかご、教室にだれもいなくなったのをたしかめると、そっと黒板に近よった。

一生のほんとうの顔は、はたしてどっちなのか？

かみつき屋のいっぴきオオカミ？　それとも俳句《はいく》がとくいな文学少年？

一生は、つむぎの俳句《はいく》をうけて、イメージをふくらませ、新しい俳句《はいく》をつくりだしているのか？

どういうこんたんがあるというのだろう？

よーし。

きょうこそ、真実をあばいてやる！　一生くんが犯人《はんにん》だというしょうこを、つかんでやるわ！

つむぎは、黒板にむかって呼吸《こきゅう》をととのえると、書いた。

秋がすき　ちょっぴりさびしい　秋がすき

この俳句《はいく》につられて、一生はやってくるだろうか？

まるでさかなをつりあげるために、おいしいえさを、まくみたいだ。つむぎはにが笑《わら》いした。

こうでもしなければ、犯人《はんにん》はつかまらない。

つむぎは、自分の机《つくえ》の下にもぐりこんで、一生がやってくるのをじっとまった。

うかつにも眠《ねむ》ってしまった。

つむぎははっと目をあけた。

教室のなかは、海の底《そこ》のように暗くよどんでいる。寒い。

一生くん、こないなー
一生くんじゃなかったら、どうしよう。

あたしの、とんだかんちがい？

もう帰ったほうがいいかもしれない。おかあさんは、きょうもおばあちゃんの家だ。

しゅんかん、教室の戸がひらく音がした。思わずからだを固《かた》くした。

あっ……。一生くん……。

やっぱり一生くんだ。にらんだとおりだ。

キツネ色の頭がちらちらゆれる。黒板にはりつくようにして、いっしょうけんめいなにかを書いている。

つむぎは机《つくえ》の下からはいでて、一生のうしろに立った。

3
4
5

「あのさっ」

「おまえ！」

一生があわててふりむいた。ひたいに汗《あせ》がにじんでいる。

「あたしの俳句《はいく》のとなりに、俳句《はいく》を書いたのは、一生くんだったのね。一生くんが、犯人《はんにん》だったのね」

「犯人《はんにん》？　おまえ、人聞きの悪いことというなよな」

一生がはきすてた。

「秋がすき　ちょっぴりさびしい　秋がすき。冬きらい……ちょっぴり……？」

つむぎは黒板の文字を読んで、首をふった。

「はあ、なに、これ？」

「うるせえ」

「ちょっぴり……の次の句《く》は、なによ？　なんて書こうとしたのよっ」

ばかにしてるよね、あたしを。

「なんでもいいだろ」

一生がうそぶいた。

「まねしないでよっ」

「おちつけよ」

一生は黒板消しで（冬きらい　ちょっぴり）をさっさと消した。

「見たんだよ、このまえ、おまえが、黒板にむかって、なんか、らくがきしてんのを」

一生がいった。

「赤とんぼの俳句《はいく》のこと？」

「そうだよ、おれ、教室にわすれものして、とりにもどったんだよ。とうさんが、プレゼントしてくれた大事な本だから」

大事な本？

「俳句《はいく》の季語《きご》がいっぱいのってるやつ」

季語《きご》？　そんな本あるの？

「おれ、とうさんのえいきょうで俳句《はいく》はじめたんだけど、ぜんぜんかなわないし、いつか、おいぬかしてやるって、ずっとずっと思ってたんだ。そしたら、おれのたんじょうびに、季語《きご》の本をプレゼントしてくれた。とうさんが心臓《しんぞう》の病気で入院するすこしまえだった。こんどの入院は、長くなりそうだって、いってたけど……。おれ、プレゼント、超《ちょう》うれしかった」

「へーえ」

「なのにさ、あせったよ。家じゅうどこをさがしても、ないんだもん。そうか、教室にわすれてきたんだ、って思ってさ、こんなの、クラスのやつらに見つかったら、やばいじゃん。いそいで教室にとりにいったら、おまえが、なんか黒板にむかって、ごちゃごちゃ書いたり消したりしてるだろ」

「おばあちゃんの俳句《はいく》を思い出したのよ。だって、うちのおばあちゃん、一生くんから、一等賞《とうしょう》もらったんだもん」

そうよ、あたしだって、おばあちゃんみたいに、いつか、いつか……。

「まさか北川のおばあちゃんが、おまえのおばあちゃんだったなんてさ。おれも、おどろいたよ」

一生がしんみりといった。

「おれ、意外に思ったんだぜ。おまえってさ、ストレス発散《はっさん》で、いたずらがきしてるんじゃなかったんだ。これ、俳句《はいく》じゃんって。ちゃんと俳句《はいく》になってるじゃんって」

ストレス発散《はっさん》？　もうっ。

つむぎは口をとがらせた。

「梅野《うめの》って、俳句《はいく》をつくるんだ、超《ちょう》びっくり！　おばあちゃんに教えてもらったのかなって」

「は、はじめてよ、俳句《はいく》なんて」

「ほうかごになると、おまえときたら、やたらとはりきって、黒板にむかうだろ？　じゅぎょうちゅうとは、ぜんぜんちがうじゃん」

もう、いやなやつ……。

「一生くんこそ、あたしのあとつけて、ストーカーみたいだね」

「かんけいねえし」

つむぎは声を強めた。

「そうか、一生くんは、自分の力を見せつけたかったんだ」

「え？」

「だって俳句《はいく》少年だもんね。あっ、ごめん、天才……俳句《はいく》少年？」

「やめろっ」

「天才だから、あたしの書いた俳句《はいく》のとなりに、お手本みたく、自分のを書いたんだ」

「だから、やめろって、二度というな」

一生がむきになった。

「ご、ごめん……」

「おれは、ただ、俳句《はいく》がすきなだけなんだ」

一生くん……。

「ただすきでつくっているだけなのに……。天才だなんて、おまえにいわれると、バカにされたような気がする」

一生がじっとつむぎの顔を見た。

「おまえさ、はじめて俳句《はいく》つくったっていったけどさ……」

つむぎはきょとんとした。

「おれ、なんか……しげきされたもんな」

「えっ」

「だから、おまえのとなりにならべてみたくなったんだよ」

うそ。

「五、七、五だけで、世界を表現《ひょうげん》できる俳句《はいく》って、すごいと思わね？」

つむぎはめんくらった。

世界？　この人なにをいってんだか。

「おれは、空の月をメロンパンだと思ったけど、おまえは、オムライスだと思ったんだろ？」

「うん、まあ」

あたしは、オムライス、だいすきだから……。

「でもさ、メロンパンやオムライスなんて、俳句《はいく》っぽくないよね」

「それがいいんじゃない？」

一生は遠くを見るように目を細めた。

「五、七、五で、季語《きご》があって、強い独立性《どくりつせい》を重んじるのが俳句《はいく》である……。これって、とうさんが、いっつもおれにいってること。すなわち、写生する。カメラのシャッターを切るように、生活のなかで、ぐうぜんのいっしゅんをとらえるのが、俳句《はいく》である、っていってるわけよ」

「むずかしい、なんか」

「短歌ってさ、五、七、五、七、七で、ことば数も多いし、情景《じょうけい》だけじゃなくってさ、心情《しんじょう》までも歌いこめるからいい、俳句《はいく》より、やりやすいって、みんないうだろ」

「そ、そうなの？」

つむぎはちんぷんかんぷんだ。

「おれは、俳句《はいく》だっておんなじだと思う。写生もだいじかもしんないけど、心をよむことのほうがだいじだって。心の動きっていうか、そんなのが、あんなみじかい五、七、五のなかで表現《ひょうげん》できたら、さいこうじゃねえの」

わからない、さっぱり。なにをいっているんだか……。

「要《よう》するにだ、自分のいいたいことを、すなおに、五、七、五にまとめればいいんだ」

「そうなの？」

「おまえだって、そうしてんだろ？」

つむぎは首をひねった。

たしかに、自分の気持ちが先行しているが……。

「じゃあ、俳句《はいく》がうまくなるためには、俳句《はいく》でほめられるには、どうしたらいいの？」

「いまいったじゃん」

「すなおな気持ち……？」

一生は答えてくれない。

「ねえ？」

「だからさ、いまいったじゃん」

「もっと、わかりやすく説明《せつめい》してよ」

つむぎは黒板に近づくと、チョークをつかんだ。

「あたし、新作ここに書くから。一生くんも、書きなさいよ」

「おまえさ」

一生がつむぎの手をとめた。

「黒板はやめにしない？」

「えっ？」

びっくりした。

「また、いたずらがきと思われるだろ。クラスのやつらに」

一生はポケットのなかから、小さな青いノートをとりだした。

「これに書けよ。俳句《はいく》つくりたいんなら、いくらでも」

「……一生くん」

「いいのができたら見せてくれ。じゃあ、おれ用事があるんで」

つむぎはぽかんと口をあけたまま、教室からでていく一生を見送った。

10 青いノート

一生はどういうつもりで、この青いノートをつむぎに手わたしてくれたのか？

夜、机《つくえ》のまえでつむぎは、ほおづえばかりついていた。

ときおり青いノートを、つめではじく。

これに俳句《はいく》を書いてどうするの？

どうしたらいいの？

ありさの部屋のあかりもすでに消えている。階下からおとうさんのいびきが聞こえてくる。それ以外《いがい》物音ひとつしない。さっきまで、「早く寝《ね》なさいよ」ってドアをなんどもたたいたおかあさんも、眠《ねむ》ってしまったみたいだ。

十二時をとっくのとうにまわっている。しかし、自分ひとりが眠《ねむ》れないのだ。

このノートをわたしてくれたときの、一生はなんだかやさしかった。思ったより、まつげが長く、きれいな目をしていた。

一生くんって、こわい人？　それともやさしい人？

つむぎは自分のほっぺたを、ぱんぱんとたたいた。

でも、いっこだけ、わかっていることがある。

俳句《はいく》をつくるのなら、一生をあっといわせるようなものをつくりたい。

それだけだ。

つむぎはえんぴつをにぎりしめた。

秋の夜は長すぎて、まだまだあける気配はないけど、つむぎは口をぐっとむすんだ。

すなおな気持ちで、自分を表現《ひょうげん》する。

あさぎりの　むこうに見える　未来《みらい》かな

書きおえて、どきっとした。「かな」がはいっている。

なんか俳句《はいく》っぽいじゃないか。

つむぎはフフッと笑《わら》った。

この俳句《はいく》を一生に見せたら、なんていうだろうか？

一生のことだから、いやみのひとつでもいうにきまっている。ほめてくれるなんて、まったく期待してはいないが、とにかく、この俳句《はいく》を一生に読んでもらいたい。

そうよ、ばかにされてもいい……。

ねぼけまなこのすっきりしない顔で、つむぎは教室の戸をあけた。

あっ。

自分が一番乗りだと思っていたのに、あさかのグループのひとり、西岡夕奈《にしおかゆうな》がいた。ちょっとあせった。

「梅野《うめの》さん、きょうは、早いね」

夕奈《ゆうな》がいった。ポニーテールの髪《かみ》がかわいらしい。

「お、おはよう」

つむぎは、夕奈《ゆうな》にさとられないように、窓《まど》ぎわまでカニ歩きで移動《いどう》し、そそくさと一生の机《つくえ》のなかに、ノートをおしこんだ。

「どうしたの？」

「ううん」

つむぎは窓《まど》を大きくあけた。しんせんな朝の風にむねがどきどきする。

むねの鼓動《こどう》は、夕奈《ゆうな》にも聞こえそうなくらい大きかったので、こまってしまったが、やっとねぼけた頭がすかっとした。

しかし、ほうかごまでまったのに、一生からはなんの返事もこなかった。

一生はノートに気がつかないのか？　つむぎの俳句《はいく》をまだ読んではいないのか？

「どうだった？」

なんて、聞くわけにもいかない。みんなが見ているから。一生と話したら、たちまちへんなうわさになってしまう。だいいち、一生は、つむぎと目をあわそうともしない。

なんだかしぼんだふうせんみたいに、しゅるしゅると心が地面に落ちていくようだ。

それから、五日後、つむぎの机《つくえ》のなかに、青いノートがおいてあった。

朝、それを見つけたとき、心臓《しんぞう》がばくばく音をたてた。

いそいで、カーディガンのなかにかくし、トイレにもっていってノートをひらいた。

あさぎりの　なかつっぱしる　おれと犬

つむぎの俳句《はいく》のとなりに、えんぴつの文字が、ノートからはみだすようにして書かれてあった。

これが、一生くんの新作？

新作というよりは、「あさぎり」をお題にしてつくったというべきか。あきらかに「あさぎり」ということばを、モチーフにしてよみこまれている。

いままでと同じパターンにしなくてもいいのに。

だけど、みょうにくすぐったい気持ちが、じわじわとわいてくる。

犬といっしょにあさぎりのなかを走る一生の息づかいが、なんだか聞こえてきそうだったから。

「一生くんのすきなものが、わかった。メロンパンと犬」

つむぎは思わずほほえんだ。

でもさ、五日もまたせるなんて、おそすぎだよ……。

そうコメントしたあと、つむぎはまたひとつ俳句《はいく》をひねりだした。一生の俳句《はいく》のイメージをうけて、さらにうかんできたものを。

まどをあけ　りんごのにおいの　朝がくる

一生からの返事は、すぐにきた。

「梅野《うめの》、超《ちょう》さわやか」

「ほんと？」

つむぎはうれしかった。

たったひとことだけど。

ほめられたんだよね？　あたし、ほめられたんだよね？

ほめられるって、こんなに楽しいの？

世界がぜんぶ、あたしのものになったみたい。

世界は灰色《はいいろ》なんかじゃない、もとからバラ色だったんだ。

あたし、そのことに、ちっとも気がつかなかっただけ。

つむぎは青いノートをだきしめたまま、たちつくした。


「つむぎ、なんかいいことあった？」

昼休み、ベランダの手すりによりかかって、ミナミが聞いた。

「最近《さいきん》、めちゃ楽しそう」

「そんなことないよ」

つむぎは平然《へいぜん》としていった。

「あたしはつまんない。スコットったら、女子にすごく人気があってさ。あたしの気持ちなんか……」

ミナミがいきなり目をつりあげた。

つむぎはあわてて、青いノートをうしろにかくした。

あれいらい、つむぎは青いノートをはだみはなさずもっている。

じゅぎょうちゅうでも帰り道でも、家のなかでも、俳句《はいく》のいいフレーズがうかぶと、すぐにメモするのがしゅうかんとなっていた。

「あんた、あたしの話聞いてた？」

「うん」

「いっつもそれ、大事そうにもってるじゃんか」

「べっつに」

「いまだって、なんか、書いてたじゃん、あたしの話聞くよりもさ」

「べっつに」

「あやしい」

ミナミがノートをひったくろうとした。

「やめてよ」

「ますますあやしい。見せなさいよ」

つむぎはミナミをふりきるようにして、教室にはいった。

あぶなかった。ミナミに見られたら、なんていわれるか？

つくった俳句《はいく》を一生に、読んでもらっているなんて。交換《こうかん》日記のように、一生の俳句《はいく》をまちどおしく思っているなんて。

そりゃあ、ミナミに話したら、わかってくれるかもしれないが、いまはまだ、自分のむねのなかにしまっておきたかった。

つむぎは自分の席《せき》につくと、そっと一生のほうを見た。

一生は、机《つくえ》の上に足をなげだして、マンガを読んでいる。あさかが、「ぎょうぎ悪いわね、やめなさいよ」ってどなっている。

一生は、あさかもつむぎのこともまるで関心《かんしん》がないみたいに、ひたすらマンガを読みふける。

ああやって、なんかさ、かっこつけてるけれど、一生くんの頭のなかは、俳句《はいく》がいっぱいつまってる。

そうよ、あたしだって……。

つむぎは、五、七、五のリズムに、ことばをのせてつくる俳句《はいく》が、なによりも楽しかった。

できた俳句《はいく》を評価《ひょうか》してくれる友だちがいることも、うれしかった。

友だち？

一生くんが？

まさかね。

つむぎはなんども首をふった。

11 俳句《はいく》大会

十一月下旬《げじゅん》、チャイムが鳴るにはまだ時間があるというのに、国語の教科書をとつぜんとじると、今西先生がいった。

「早いなあ、ことしもそろそろ……だな」

「運動会も遠足も、おわっちゃったしね」

マイがいった。

「でも、クリスマスあるでしょ。先生は、すきじゃないんですか？」

あさかがいった。

「ひとりで食べるケーキなんか、うまくもなんともないぞ」

ぷっとクラスのみんながふきだした。

「彼女《かのじょ》つくれば？　先生」

山北じゅんがはやしたてた。

「それだけは、いってくれるな」

クラスがどっと笑《わら》いにつつまれた。

「ところでさ、みんな、黒板のいたずらがきは、すこしはへったかな？」

はいっと手をあげ、レオが答えた。

「最近《さいきん》はひとつもありません」

「そいつは残念《ざんねん》」

「どうして？　どうしてですか？」

あさかがくってかかった。

「秋とは……」

先生はあさかの質問《しつもん》には答えずに、遠くを見た。

「食欲《しょくよく》の秋、運動の秋、そして、芸術《げいじゅつ》の秋でもある」

「もう秋、おしまいですけど……」

しらっとミナミがいった。

「まあまあ」

先生がさとした。

「ゆく秋をおしみながら、黒板に、すばらしいいたずらがきを残《のこ》してくれた、だれかさんに負けないように、このクラスで、俳句《はいく》大会をやってみないか？」

「ええーっ」

マイが悲鳴をあげた。

女子たちが、がやがやさわいだ。

俳句《はいく》大会？

つむぎは自然《しぜん》と顔が赤くなった。

先生は、あたしと一生くんのこと、気づいたのかな？

そんなはずないよね。そんなはずない。

あれは、二人だけのひみつだもの。

ひみつ……。

そう思ったらますます顔が赤みをまして、ゆたんぽのようにふくれあがった。

「どうした？　梅野《うめの》。気分でも悪いのか？」

「え、えーと」

つむぎはうつむいた。

「先生、つむぎったら、ちょっとかぜぎみで」

ミナミが助《たす》け舟《ぶね》をだしてくれた。

「は、はい……」

「気をつけろよ、インフルエンザがはやるころだし」

先生がいった。

「それでは、いつにするか？　俳句《はいく》大会」

「そんなの、かってすぎます」

あさかがおこった。

「そうよそうよ」

女子たちが、わいわいあさかに加勢《かせい》した。

「だいいち、どうして、俳句《はいく》大会なんて、するんですか？」

「いいアイデアだと、ぼくは思うよ」

先生も引かない。

「黒板のいたずらがき騒動《そうどう》があってから、考えていたんだ。ひょっとして、このクラスには、俳句《はいく》の才能《さいのう》をもった人間がいるのかもしれないって。いや、そいつをさがすことが目的《もくてき》ではないが、小学生のときに俳句《はいく》にふれるのは、とてもいい体験《たいけん》だと思う。ぼくだって、俳句《はいく》を最初《さいしょ》につくったのは、きみらと同じ年、たしかこんなだったよ。石ければ　どじょうにげだす　春の川」

一生がくくっと笑《わら》った。

「なによ、一生くん、超《ちょう》しつれい」

あさかが注意した。

「そんなことないよ。一生はぼくの俳《はい》句《く》を、うまいと思ったんだよな、そうだろ、一生」

一生は答えないまま、プイと横をむいた。

先生がつづけた。

「二学期の終業式がすんだ日に、この教室で、俳《はい》句《く》大会をやるっていうのは、どうかな？　三十六名全員参《さん》加《か》となると、時間もかかるし、二日にわけて行うってことでさ。終業式がすめば冬休みだが、クリスマスもすぐだ。クリスマスの俳《はい》句《く》大会っていうのも、すてきじゃないか」

クラスのみんなが首をふった。

「わたしたち、あさかちゃんの家で、クリスマスパーティーする予定なの」

「そうよ、わたしたちも、マイちゃんちでするんです、先生」

夕奈《ゆうな》とまりえが、こうごにいった。

「だからさ、ことしぐらい、ぼくとさ、一日早いクリスマスパーティーをしてくれたっていいんじゃないか、ってたのんでるんだよ」

「意味わかりません」

ミナミがいった。

「二日間にわたって、俳句《はいく》大会をするなんて。超《ちょう》だるいわー　休みの日にわざわざ、学校へいくわけ？」

そんなことない、そんなことないって、ミナミったら、もう……。

つむぎは心の底《そこ》で叫《さけ》んだ。

「じゃあ、ちょっとやってみようか？　おい、ミナミ、なんでもいいから、五、七、五にまとめてみろ」

「ええっ」

ミナミがひたいにしわをよせた。

「マジで。マジで、あたしが？」

「そうだ」

「きゅうにいわれたってさ」

ミナミはしぶしぶとえんぴつをもった。

がんばれ！　ミナミ。

「ミナミのすきな食べ物で、俳句《はいく》をつくってみろ。それならできるだろう」

「ちょっと三分くれる？」

「わかった」

みんなの視線《しせん》があつまるなかで、ミナミがやっと顔をあげた。

「いちおうできたけど」

「よんでみろ」

「あの雪が……」

くすくす笑《わら》いがもれた。

「つきたてのおもちだったら　いいのにな」

くすくす笑《わら》いが、どっと大きな波になった。

「し、静《しず》かに」

先生がいった。

「いいぞ、なかなかいいぞ」

うんうん、ミナミの気持ち、よくわかる。

やわらかな雪が、つきたてのおもちだなんて、いいよ、すごく。

つむぎは心のなかで拍手《はくしゅ》をおくった。

先生は黒板に、

あの雪が　つきたてのおもちだったら　いいのにな

と書きながら、

「俳句《はいく》は五、七、五のバランスが、命といってもいいんだ。しかしだよ、この俳《はい》句《く》は、中の句《く》、つまり、つきたてのおもちだったら……という語句《ごく》が、あまりにも長すぎる。それで、おもいきって、つきたての、をとってみたらどうなるか？

あの雪が　おもちだったら　いいのにな

どうだ、さっぱりするだろ？」

うんうんとみんながうなずいた。

「それから、こんなふうにもできるぞ。つきたての、ということばをいかしたいのなら、

つきたての　おもちのような　雪がふる

どうだ」

うんうん。

つむぎはなっとくした。

さすが先生、五、七、五にちゃんとおさまっている。

クラスじゅうから拍手《はくしゅ》がわいた。

「なにも先生は、むずかしいことをいっているんじゃない。ミナミのように、すなおに、自分の気持ちをよみこんだらいいのさ」

すなお？

一生くんもいっていたっけ……。

「いま、ミナミの俳句《はいく》を例題《れいだい》にやってみたが、俳句《はいく》大会では、きみたち全員がつくった俳句《はいく》を、きみたちでひとつひとつ評価《ひょうか》するんだよ。大会で、一等賞《とうしょう》にえらばれた人には、ぼくからの最高《さいこう》のクリスマスプレゼントをあげよう」

先生が得意《とくい》そうにいった。

「〈ニコル〉のケーキだ。どうだ、まいったか」

みんなの顔が輝《かがや》いた。

「もしかして、〈ニコル〉でいちばんおいしいっていう、あのフルーツチーズケーキ？」

あさかが聞いた。

「そうだよ」

「でも、先生、あまいの、きらいじゃなかったの？」

「おまえらのためなら、あまいもののひとつや、ふたつ……」

「やったー」

マイが叫《さけ》んだ。

〈ニコル〉は、駅まえのオリエンタルデパートの地下一階にあるスイーツのお店で、毎日行列ができるほどの人気だ。とくにフルーツチーズケーキは評判《ひょうばん》がいい。

つむぎは、なんどおかあさんにねだっただろう。しかし、高いからって、いつもはねつけられる。

「〈ニコル〉のフルーツチーズケーキをかけての、俳句《はいく》大会だ」

「わたし、食べたことあるから」

あさかがつんとしていった。

「いいじゃない、あさかちゃん。また食べられるのよ」

マイがいった。

「先生。あたし、さんせい」

「はい、ぼくも！」

レオがいった。

クラスのあちらこちらから、さんせいの声がわきあがった。

「さてっと、お題はなににするかな？」

先生がうでぐみをした。

お題か……。

つむぎはどきどきした。

「秋から晩秋《ばんしゅう》、冬にかけて、そうだな。たとえば、星、秋の山、秋の夜、秋深し、もみじ、冬の空、よなべ、冬の虹《にじ》、北風……。なんでもありだ」

「はいっ」

みんながそろって手をあげた。

みんな、かなりやる気が、でてきたようだ。

さっきまで、ぶーぶー文句《もんく》をいっていたのが信《しん》じられない。

フルーツチーズケーキにつられて、きゅうに、にこにこ顔になるなんて。

つむぎはおかしなファイトがわいた。

あたし、がんばる。

あたし負けない。

あたしだって、ケーキがほしい。

でもそのまえに、一生くんをたおさなきゃ。

12 消えた一生

四年二組の教室は、休み時間になると、俳句《はいく》をつぶやく声であふれかえった。あさかもマイもレオもミナミでさえ、自分こそは一等賞《とうしょう》とばかりに、俳句《はいく》をひねりだす。

これも〈ニコル〉のケーキのため？

そんなクラスのみんなをよそに、一生はまったくのマイペースだった。あいかわらず、ひとこともしゃべらないで、マンガやゲームに熱中《ねっちゅう》している。

一生くんって、超《ちょう》よゆうなの？

決勝戦《けっしょうせん》に残《のこ》るのは、実力でいえば、一生にまちがいないとつむぎは思っていた。

できれば自分も決勝戦《けっしょうせん》に残《のこ》り、一生とたたかいたかった。

青いノートのこうかんは、しばらくおあずけになった。なんだかさみしい気もしたが、つむぎは青いノートに書きためたなかで、いちばんお気に入りの一句《く》をひっさげ、俳句大会《はいくたいかい》にのぞむつもりだった。


二学期の終業式がおわると、今西先生がいった。

「さあ、まちにまった俳句《はいく》大会のはじまりだぞ」

クラスのみんながパチパチと手をたたいた。

「大河《たいが》一生は、わけがあって欠席《けっせき》だ。残念《ざんねん》だが、三十五名で、正々堂々《せいせいどうどう》と俳句《はいく》大会をがんばろう」

つむぎは、いてもたってもいられなかった。

俳句《はいく》大会の三日まえから、一生がきゅうに学校を休むようになったからだ。

でも、きょうこそは、やってくると信《しん》じていたのに。

いったい、どんな理由があって？

なんにもおしえてくれず、自分ひとりかってに休むなんて、ずるいよと思ったけど、しだいに、わくわく高まる緊張感《きんちょうかん》でつむぎはいっぱいになっていった。

大事な試合《しあい》にのぞむ選手《せんしゅ》みたいに、一生がいないいま、絶対《ぜったい》に負けたくないという思いが、つむぎのむねをつきあげた。

今西先生が、たて二十センチ、横七センチぐらいに切った白い厚紙《あつがみ》を、クラスのみんなにくばりはじめた。

まるでたんざくに七夕《たなばた》のお願《ねが》い事《ごと》をして、ササの葉につるすようだ。

「みんな、これぞという俳句《はいく》を、この紙に書いてくれ」

先生がいった。

「名前は書くなよ」

「えっ？」

レオが聞きなおした。

「名前がわかると、先入観《せんにゅうかん》がはいってしまうだろ？　純粋《じゅんすい》に、俳句《はいく》そのもので、評価《ひょうか》したいんだ」

つむぎは白い紙に、ことばをたたきつけるようにして書いた。

いっしょうけんめいつくったなかから、えらんだ一句《く》だ。

ショートカット　あたしの耳が　てれている

あれは、半年ぐらいまえだったかな？

おかあさんが、おばあちゃんの世話でいそがしくなかったころ、あたしの髪《かみ》を切ってくれたんだ。

ショートカットに、さっぱりとね。

あたしは耳もひたいもまる見えになった自分の顔を見て、はずかしくてたまらなかった。

おねえちゃんがいった。
顔、ちょーでかく見えるじゃん。
あたしはショックだった。
でも、おかあさんはいってくれたんだ。にあってるわよって。
ミナミもいってくれた。
かわいいじゃん、って。
だからあたしは、ショートカットにしてよかったって思った。
つむぎはそっと窓《まど》ぎわの一生の席《せき》を見た。
一生くん、あたしは、これで、勝負かけるからね。
だが、からっぽの席《せき》が、なんともさびしい。
ほんとうに、どうしちゃったんだろう。
一生くん、なんで、学校にこないのよ？
一生くんの俳句《はいく》、すごく楽しみにしていたのに。

「終了《しゅうりょう》だ」

先生の声がひびいた。

先生は、白い厚紙《あつがみ》をみんなから集めて、トランプのようにぱらぱらと切り、黒板にひとつひとつ書きうつしていった。

おーとか、へたくそ、超《ちょう》うまいとか、みんなが口々にわめきはじめる。

先生は三十五人分の俳句《はいく》を書きおえると、いった。

「みんな、いいと思った俳句《はいく》には、何回でも手をあげていいぞ。最高得点《さいこうとくてん》は三十五点ということになる。反対にだれも挙手《きょしゅ》をしなかったら、〇点もありえるな」

「きびしー」

ミナミがいった。

先生が順番《じゅんばん》に黒板の俳句《はいく》を読んでいく。

はーいはいと、ぞろぞろ手があがったり、あがらなかったり、意味はよくわかるけど、リズム感が悪いとか、上《かみ》の句《く》と下《しも》の句《く》をいれかえたほうがよくなるとか、白熱《はくねつ》した時間はあっというまにすぎていった。

三十五の俳句《はいく》は、手が多くあがった順《じゅん》に、十までしぼられた。

「うーん、きみたち、なかなか優秀《ゆうしゅう》だよ」

先生がにこっとした。

「それでは、予選《よせん》クリアーしたこの十の俳句《はいく》が、明日の準決勝《じゅんけっしょう》にのぞむことになる。あさか、黒板に、清書《せいしょ》しておいてくれ」

「はい……」

あさかが、あまり気のりのしない声で返事した。


「ねえねえ、あさかったら、超《ちょう》きげんわるいじゃん」

帰り道、ミナミがいった。

「きっと、だめだったんだよね。あさかの俳句《はいく》、準決勝《じゅんけっしょう》に残《のこ》らなかったんだよね」

ミナミがかみしめるようにしていった。

「いくら頭がいいからって、顔がきれいだからって、俳句《はいく》がうまいとはかぎらない」

「顔はかんけいないでしょ」

「つむぎ、あんたの俳句《はいく》、もちろん残《のこ》ったよね？」

「まあね」

「あたしのも、予選通過《よせんつうか》したよ、どうしよう？」

「ミナミのは……」

つむぎはつぶやいた。

「発音が　いいとほめられ　秋深し」

「どうして？　あんた、どうしてわかったの？」

「おもちの雪のほうが、よかったよ」

「うっそ、マジで」

「そんなことより、一生くん、こないね」

やっぱり、一生くんにとってクラスの俳句《はいく》大会は、おもしろくもなんともなかったのだ。そう思うと、ため息がでてくる。

「俳句《はいく》少年も、おじけづいたか」

ミナミがかっかっと笑《わら》った。

「あたしの俳句《はいく》のすばらしさに」

もう、ミナミったら、ポジティブだな。うらやましいよ。

ひさしぶりに、おばあちゃんの家から早く帰ってきたおかあさんが、夕ごはんのしたくをしながら、ぼやいていた。

「もう、いやんなっちゃうわ。おばあちゃんたら、ひまわりホームにいきたくないって、そればかり、いうのよ」

うそっ。

俳句《はいく》教室では、あんなに楽しそうにしていたのに。

「年よりってさ、わがままでがんこなの。あつかいにくいんだから」

冷蔵庫《れいぞうこ》に顔をつっこみながら、ありさがいった。

「ふりまわされるのがおちよ、ほどほどにしないと、おかあさんが疲《つか》れちゃうよ」

たしかにありさのいいぶんはわかるが、つむぎは心配だった。

「おばあちゃん、ぐあいよくないの？」

おかあさんがいった。

「ううん、とっても元気よ。ただね、俳句《はいく》教室の先生がお休みだったらしくて、それでつまらなくなっちゃったみたい。来週はだいじょうぶ、きっと先生きますよって、おばあちゃんにいうんだけど、もういかない、いやだって」

「うそ……」

俳句《はいく》教室の先生って、一生くんだよね。

ひまわりホームも学校も両方とも休んでいるなんて、きっとなにか、たいへんなことが一生くんにおこったんだ。

「おばあちゃん、俳句《はいく》教室がとっても性《しょう》にあってるみたいで、おかあさん、安心してたのに……」

「ねえ、おやつないよ」

ありさが不満《ふまん》げにいった。

「もうすぐ、ごはんだから、がまんしなさい」

「ドーナツ、あったじゃん、きのうの残《のこ》り。つむぎ、あんた、知らない？」

「おかあさん、あたし、ちょっとでかけてくる」

つむぎはありさをむしすると、家をでた。


市民《しみん》病院へいけば一生に会えるなんて、かってな思いこみだった。

でも、一生におこったたいへんなこと……。それはもしかしたら、おとうさんに関係《かんけい》することかもしれない。

おとうさんの名字を名のって、俳句《はいく》をつくったり、おとうさんからプレゼントされた季語《きご》の本を、ずっと大切にしている……。

なによりも一生は、おとうさんにえいきょうされて、俳句《はいく》をつくるようになったのだ。

一生くんって、おとうさんがだいすきなんだ。

りこんによって、はなればなれになってしまったから、一秒でもおとうさんのそばにいたいのだ。

わかる、あたしにもよくわかる。

一生くんのおとうさんは、心臓《しんぞう》の病気で入院している。おとうさんの病気が重くなって、それが、学校やひまわりホームにこられない理由だとしたら……。

まさか、まさかね……。

つむぎはいのるような気持ちだった。

どうかどうか、一生くんのおとうさんが、無事《ぶじ》でいてくれますように。

病院にいけば一生に会えるという保証《ほしょう》はなかったけれど、それでもつむぎは、はやる気持ちをおさえきれなかった。

中庭の花時計が、七時十分を指していた。つむぎは、病院の夜間入り口をとおって、なかにはいった。面会は八時までとなっている。

一生くんのおとうさんの病室はどこだろう？

受付《うけつけ》の人に聞いても、面会謝絶《しゃぜつ》なのでむりですと、そればかりをくりかえす。

悪い予感が的中《てきちゅう》した。

どうしよう、どうしたらいい？　やっぱり一生くんのおとうさんに、なにかが起きたんだ。

「おい、梅野《うめの》」

うしろから声がした。

「こんなとこで、なにやってんだよっ」

病院のうすくらがりのなかで、一生のきつね色の頭がやけにめだった。

「……一生くん」

つむぎはむねのまえで両手をにぎりしめた。よかった、一生くん、やっぱり、ここだった。

「三日も、学校休んでいるから……」

「関係《かんけい》ねえだろ、おまえには」

「だって……」

「しかたねえんだよ、緊急事態《きんきゅうじたい》発生」

「なによ、そんないいかた」

「とうさん、心臓《しんぞう》の手術《しゅじゅつ》したんだよ。成功《せいこう》はしたんだけど、きゅうに熱《ねつ》がでた」

「たいへんじゃないっ」

「だから、関係《かんけい》ねえって」

「関係《かんけい》ある」

つむぎは、いいはなったあと、ひざがきゅうにがくがくした。

「あたし、あたし……」

こんなとき、なんて声をかけたらいいのか。なにもことばがでてこない。

「いいからもう、梅野《うめの》。だいじょうぶだって」

「えっ？」

「ついさっき、集中治療室《ちりょうしつ》からでられるようになったんだ」

「ほんと？」

「ああ」

一生の顔にかすかな明るさがともった。

「熱《ねつ》がさがって、だいぶ安定してきたって、病院の先生がいった。とうさん、おれの手をちゃんとにぎって、ありがとうっていってくれた。顔色もすっごくよくなった。いま、かあさんが見舞《みま》いにきてる。かあさんとバトンタッチした。おれ、ずっと病院に寝《ね》とまりしてたから。疲《つか》れたっつうかさ。なんで、二人、りこんしたのかな？　けっこう仲《なか》いいと思ってたのに。わかんね、おとなって」

「一生くん……」

「で、梅野《うめの》、なんの用？」

あっけらかんと一生が聞いた。

「なんの用って」

つむぎは口をひんまげた。

「俳句《はいく》大会よ」

つむぎはどんと一生にせまった。

「わすれちゃったの？」

「わすれてねえよ」

「一生くんは、あたしがいるから、一等賞《とうしょう》とれないと思ったの？」

「だっれが」

一生がはきすてた。

「だっれが、おまえなんかに」

「だったら、きなさいよ」

「あったりまえだろ」

「まってるから」

つむぎは一生をまっ正面からにらみつけると、すたすた病院をでていった。

13 決勝戦《けっしょうせん》のゆくえ

翌日《よくじつ》、学校にいくと、準決勝《じゅんけっしょう》にのぞむ十の俳句《はいく》が、黒板に堂々《どうどう》と書かれていた。
あさかの文字はくっきりときれいで、読みやすい。

発音が　いいとほめられ　秋深し
おかあさん　私《わたし》がお夜食　つくります
けんかして　ごめんなさいが　いえません
ピーマンは　きらいだけれど　色きれい
歩行器《ほこうき》で　歩くばあちゃん　赤ちゃんだ

おかあさん　おこるとツバを　よくとばす
ショートカット　あたしの耳が　てれている
夢《ゆめ》かたる　星のきれいな　ベランダで
ピカピカに　窓《まど》をみがいて　気持ちいい
親子どん　朝から食べてる　おねえちゃん

先生がクラスじゅうを見わたしていった。

「いいか、みんな、きのうと同じようにいいと思った俳句《はいく》に、手をあげてくれ」

準決勝《じゅんけっしょう》はきのうより、もっと熱《あつ》い議論《ぎろん》がたたかわされた。

つむぎはみんながこんなに熱中《ねっちゅう》するなんて、ちょっとびっくりした。つむぎが俳句《はいく》をおもしろいと思ったように、みんなもきっと同じ気持ちでいるのだろう。

でも、一生くん、こないね。

きのう、約束《やくそく》したのに。

みんなの熱《あつ》い気持ちとは反対に、つむぎの気持ちはしずんでいく。

先生が、票《ひょう》を集めた上位《じょうい》三つを読みあげた。

おかあさん　私《わたし》がお夜食　つくります
夢《ゆめ》かたる　星のきれいな　ベランダで
ショートカット　あたしの耳が　てれている

「さあ、これから最後《さいご》のたたかい、決勝戦《けっしょうせん》がはじまる」

つむぎはむねのたかまりを、おさえきれなかった。

あたしの俳句《はいく》、残《のこ》っている。

「あーやばい、だめじゃん」

つむぎのななめまえの席《せき》で、ミナミが頭をかかえた。

「落ちた、あたしの落ちた、もーだめ」

「こら、ミナミ。私語《しご》はつつしめ」

先生がいった。

「だってさ、ケーキ……」

みんなが笑《わら》った。

「まあ、まあ、ミナミ、だめだったら、つぎのときにまた、がんばればいいじゃないか。あきらめない気持ちこそが、大事なんだ」

「はーい」

「早くはじめましょう」

レオが口火をきった。

「よし、じゃあ、(おかあさん)の俳句《はいく》からいってみようか」

接戦《せっせん》だった。

どれも甲乙《こうおつ》つけがたく、クラスじゅうは頭をかかえた。

あとは好《この》みしだいというところだろうか。

（おかあさん）には二十九票、（夢《ゆめ》かたる）には三十票《ぴょう》、そしてつむぎの句《く》にも、二十九票《ひょう》がはいった。

「先生、ショートカットの俳句《はいく》って、季語《きご》ないですよね？　いいんですか？」

レオが聞いた。

「だから、おれは、いれなかったんだ」

つむぎはどきんとした。

季語《きご》なんて、ぜんぜんわすれてた……。どうしよう……。

「ってことはさ、一等賞《とうしょう》は、（夢《ゆめ》かたる）の俳句《はいく》ね」

マイがいった。

「けどさ、季語《きご》がなくても、ショートカットの俳句《はいく》は、なかなかいいよ」

先生がいった。

「耳がてれているって、いいきったところ、作者のすなおなことばで、ちゃんと表現《ひょうげん》しているだろ？」

「そうなんだ」

マイがいった。

「季語《きご》がはいらなければ、だめだって、いうわけじゃない」

クラスがいっしゅん静寂《せいじゃく》につつまれた。


「ちょっとまってくれ！」

つむぎは、はっとした。

静寂《せいじゃく》をやぶったのは、一生の声だった。

一生は、教室のうしろの戸を、けやぶるようにしてはいってきた。

一生くん……。

みごとにつんつんとがった黄色い頭。きのうの疲《つか》れた一生とはぜんぜんちがう。

かんろくがあって、いつもの一生より、なんだかおとなびて見える。

「一生、おかあさんから聞いたよ。おとうさんのぐあいは、どうなんだ？」

先生が心配そうにいった。

「だいじょうぶだよ」

一生がにこっとまゆげをさげた。

「それよかさ、先生。おれ、俳句《はいく》もってきたんだ。いまから参加《さんか》していい？」

もってきたんだ、約束《やくそく》の俳句《はいく》。

約束《やくそく》、まもってくれたんだね……。

「大河《たいが》くん、あのね」

あさかがあからさまに顔をしかめた。

「みんな、予選《よせん》や準決勝《じゅんけっしょう》をかちぬき、やっと決勝戦《けっしょうせん》までできたのよ」

「そうだよ、途中《とちゅう》から参加《さんか》したいだなんて、よくいえるよ」

こんどはレオがいった。

「なんか自分かってすぎないかな？」

クラスのみんなが同調した。

「ごめん、でも、おれ……」

つむぎは神妙《しんみょう》な一生にびっくりした。

「俳句《はいく》、すきだから……」

「意外ね」

あさかがいった。

「しかし、いくらなんでも、途中《とちゅう》から参加《さんか》するっていうのはね。けっきょく、予《よ》選《せん》でおちるのが、いやだったんでしょ？」

「ちょっと、そういういいかたって、ないじゃん」

ミナミがいった。

「いくら、自分の俳句《はいく》が残《のこ》らなかったからってさ」

「ひどーい」

あさかがもうれつに抗議《こうぎ》した。

「私《わたし》だって、がんばったのよ」

「一生くんだって、がんばったと思います」

つむぎは思わずたちあがった。

「でも、なにか大事な用ができて、学校にこられなかったんです。俳句《はいく》大会に参《さん》加《か》したかったのに、こられない事情《じじょう》があったんです、きっと」

一生がくちびるをかみしめた。ふかくうつむいた。

「だけど一生くんは、いまこうやって、俳句《はいく》をつくって、学校にきてくれたんです。あたし、いっしょに、決勝戦《けっしょうせん》をたたかってもいいと思います」

「どうせ、へたな俳句《はいく》なら、速攻《そっこう》で決勝戦《けっしょうせん》おちるじゃんか」

ミナミがつむぎをあとおしした。

「そうよね」

女子たちが、がやがやいいはじめた。

「あの一生がごめんって、いってんだよ。よっぽどのことが、あったんじゃないの」

「そうよ、そうよ」

「わかった」

先生がいった。

「ぼくも、一生が、どんなすばらしい俳句《はいく》をつくってきたか、興味《きょうみ》あるよ。しかし、一生、おまえの俳句《はいく》がだめなら、それまで。ケーキはすなわち、おまえのものにはならない」

「もちろん」

一生がいった。自信《じしん》に満《み》ちた声だった。

「ほら、早く、俳句《はいく》、わたしなよ」

ミナミがいうなり、一生のそばまでいった。

「うっせえなあ、もう」

一生がポケットのなかから、紙切れをさしだした。

ミナミがひったくるようにして、あさかのかわりに書いた。

よみがえれ　ゾンビでもいい　おとうさん

クラスじゅうから、笑《わら》いがおきた。

「ゾンビの俳句《はいく》、俳句《はいく》っ」

レオがはやしたてた。

レオの声にあわせるように、男子たちの声が大きくなった。

なんで？　いままでの俳句《はいく》のほうが、ずっとよかったのに。

つむぎは口をとがらせた。

でもさ。

すぐにむねがしめつけられた。

一生くん、おとうさんの具合が悪かったとき……。死なないで、死なないでって、必死《ひっし》だったんだね。

もし、もしも、おとうさんが死んだとしたら（だって、心臓《しんぞう》の手術《しゅじゅつ》だもん）、ゾンビになってでもいいから、自分のところへ、あらわれてほしいっていう気持ち……。そこまで、おとうさんがだいすきなんだ。

やさしいね、一生くんは。

おとうさんのことで頭がいっぱい、きっと、これ以上《いじょう》ことばがでてこなかったんだろう。

だとしたら、ゾンビは、一生くんの心からの叫《さけ》びなんだ。

おとうさんが、よくなって、ほんとうによかったね。

はっとミナミの声で、つむぎはわれにかえった。

「ゾンビなんて、超《ちょう》気持ちわるいけど、一生とゾンビって、なんかにあうじゃん」

女子たちがくすくす笑《わら》った。

「よっ、俳句《はいく》少年」

つむぎはおもわずミナミの口をおさえた。

ミナミ、しーっ。

「あんたたち」

あさかがにらんだ。

「いいか、みんな静《しず》かに」

先生が手で制《せい》した。

「いやー、ぼくもおどろいた。ゾンビを俳《はい》句《く》にするなんて、はじめてだ」

うん、あたしだって……。

「ゾンビってことばづかいが、一生のオリジナリティーってところかな？　思ったことを気どらず俳《はい》句《く》に表現《ひょうげん》するのが、大切なんだから、ゾンビもいいさ」

先生が一生にむかって、ガッツポーズをした。そのあとまじめな顔でいった。

「一生、おまえのおとうさん……」

「もう、だいじょうぶ、先生。さっきもいっただろ、ゾンビから生還《せいかん》したよ」

「よかった」

先生がうなずいた。

「よし、だったら、もう一回、この四つの俳句《はいく》にかぎり、みんなに挙手《きょしゅ》をしてもらい、一等賞《とうしょう》を決めようじゃないか？　そのまえに、名前発表だ」

つむぎはおどろいた。

（おかあさん）の俳句《はいく》は、大沢聖也《おおさわせいや》だった。

聖也《せいや》はやせっぽちで、クラスでもあまりめだつほうじゃない。

でも、おかあさんへの気持ちが、あんなにすなおにでているなんて、やさしいんだな。

（夢《ゆめ》かたる）の俳句《はいく》は、渡辺《わたなべ》かすみだった。かすみも、どちらかというと、おとなしいタイプ。

あたし、かすみちゃんの俳句《はいく》、けっこうすきだな。

こんど話しかけてみよう。

つむぎは、かすみの白い首すじを見つめながら思った。

「そして、(ショートカット)の句《く》は、梅野《うめの》つむぎ」

わ~と歓声《かんせい》がおこった。

「やったね、つむぎ」

ミナミの声がまっすぐにひびいた。つむぎはうれしさとはずかしさで、耳まで赤くそまった。


四つの俳句《はいく》をめぐっての得点《とくてん》は、意外な結果《けっか》だった。それぞれの俳句《はいく》が三十一票《ぴょう》をかくとくしたからだ。

「だ、だれが、ゾンビに、三十一票《ぴょう》もいれたのよ?」

あさかがわめいた。

「一等賞《とうしょう》は四名ってことですか? 先生」

レオがいった。

「そうだ、先生も一票《ぴょう》いれれば？」

マイが叫《さけ》んだ。

「グッドアイデア」

ミナミがＶサインをだした。

「先生の一票《ぴょう》をつけたして、一等賞《とうしょう》を決めてください」

先生はじっと考えこんでいた。時間ばかりがたっていった。

「よし、決まった」

みんながかたずを飲んだ。

「ぼくは、この四つに、一票《ぴょう》ずついれるぞ」

「ええっ、どういうこと？」

あさかが目をぱちぱちさせた。

「みんな、はじめての俳句《はいく》大会なのに、よくがんばってくれた。先生はそれだけで、うれしいよ。だから、この四つの俳句《はいく》に、ぼくの一票《ぴょう》をそれぞれつけたして、第一回目のはえある俳句《はいく》大会の一等賞《とうしょう》は、この四人ということになる！」

クラスがどよめいた。

「ええっ、ゾンビも」

あさかが不満《ふまん》そうにいった。

「いいじゃん、一生、がんばったんだから」

ミナミがいった。

「ねっ、みんな」

ミナミ……。

つむぎはなんだかむねがはずんだ。

「ちょっとまってろ」

先生はそういって、教室からでていったかと思うと、両手に大きな四角いつつみをもって、ふたたびあらわれた。

「先生、それって、まさか！」

ミナミが叫《さけ》んだ。

「〈ニコル〉のフルーツチーズケーキだ」

どよめきがもっと高まった。

「なんか、お店で売っているケーキより、でかくない？」

ミナミがあきれた。

「めちゃでかい」

マイも目をぱちぱちさせた。

「これはね、実は、ぼくがまえもって、お店のパティシエに注文しておいたんだ。特製《とくせい》のクリスマスケーキだよ」

「うっそ」

クラスのみんながあっけにとられた。

「そこの四名、大沢聖也《おおさわせいや》、渡辺《わたなべ》かすみ、梅野《うめの》つむぎ。そして、大河《たいが》一生。おまえたちに、先生からのとっておきのクリスマスプレゼントだ」

先生はにっこりした。

「おめでとう！　さあ、みんな、四人にあたたかい拍手《はくしゅ》を！」

先頭を切るようにして、ミナミが拍手《はくしゅ》した。

拍手《はくしゅ》のうずは大きくなって、教室じゅうにこだました。

14 俳句《はいく》ガールの会

つむぎはいまでもわすれられない。

大きくてまるいフルーツチーズケーキを食べたあの日。

しっとりと焼《や》かれたケーキは、ふわふわの生クリームでお化粧《けしょう》され、イチゴやブルーベリーが、ぴかぴかかがやいていた。

あまくておいしくて、からだじゅうがとろけそうだった。

こんなりっぱなケーキを、四人でわける。たった四人で。

夢《ゆめ》みたい。

食べきれないよ、こまったなと、つむぎはいっしゅん思ったんだ。

ところが、先生ときたら、ビニール袋《ぶくろ》からフォークと紙皿を取りだして、こういったのだ。

「ジャーン、ここにクラスの人数分のフォークと紙皿がある。ケーキも、三十六人でちゃんと食べられるように、切れ目がはいっているぞ」

みんながキツネにつままれたような顔をした。

「だって、先生。一等賞《とうしょう》になった人しか、ケーキが食べられないっていったじゃんか」

ミナミがすぐに笑顔《えがお》になった。

「でも、いいの？　あたしたちも食べていいの？」

「第一回目の俳句《はいく》大会だからこそだ。それにもうすぐ、クリスマス！」

うわーっと歓声《かんせい》をあげて、みんながケーキにむらがった。

ひとりぶんのケーキは本当に小さかったけれど、つむぎは思い出すと、口もと

がほころんでしまう。

俳句《はいく》大会のあとで、マイがきゅうにつむぎをよびとめたのだ。

「ねえ、つむぎちゃん、わたしたち、俳句《はいく》ガールの会をつくろうと思うの」

俳句《はいく》ガールの会？

「なんか俳句《はいく》づくりって楽しくない？　くせになんない？」

つむぎは口をぽかんとあけた。

「なんか、こんかいのことがあってから、わたし、俳句《はいく》にはまっちゃって。せっかくだもん、俳句《はいく》ガールの会を結成《けっせい》しようかなって提案《ていあん》したの。そしたら、みんな、うんうん、やろうよっていってくれたのよ。つむぎちゃんには、ぜひ、会長になってもらいたいの」

「あたしが？」

「ミナミとかすみちゃんが、すいせんしたの」

「えー」

ミナミとかすみちゃんが……？

マイがひそひそっと耳打ちした。

「あさかちゃんたら、まだ気にしてんの。犯人《はんにん》はいったいだれだったんだろうって。しつこいよね。もう、そんなこと、どうだっていいのにね」

ほころんでいた口もとが、もっとゆるんで、つむぎはおなかの底《そこ》から笑《わら》いたくなった。

ほんと、そんなこと、もう、どうだっていいのだ。

それよりも、おかしなこうふんが、つむぎをかりたてる。

――俳句《はいく》ガールの会……。

年があけたら、活動開始だって、いったいなにをするんだろう？

その中心が、あたし？

「ほらほら、自分の部屋ぐらい、おそうじしなさいよ」

おかあさんの声が階下からひびいてくる。

おかあさんは、おばあちゃんがまた、にこにこと、ひまわりホームへかようようになって、ほっとしている。

「ありさ、つむぎ、聞こえないの？」

おかあさんがどなっているけど、つむぎはあまり気にしない。

ありさが、家事をつむぎにおしつけてきても、それももう気にしない。

だって、つむぎにも、できることがあったから。

ほめられることがあったから。

つむぎはこぶしをにぎりしめた。

一生くん、こんどこそ……。

ゾンビもいいけど、こんどこそ！

つむぎは青いノートをとりだした。

ちょっといま、俳句《はいく》がうかんだんだ。

一生くん、勝負はまだ、おわっていないよ！

ゾンビ魔女《まじょ》　ゆうれい妖怪《ようかい》　あたし人間

つむぎは、さらさらとえんぴつの手を動かした。

作者
堀 直子
ほりなおこ

群馬県生まれ。昭和女子大学卒業。『おれたちのはばたきを聞け』（童心社）で、第14回日本児童文学者協会新人賞受賞。『つむじ風のマリア』（小学館）で、第31回産経児童出版文化賞受賞。おもな作品に「おかのうえのカステラやさん」シリーズ（小峰書店）、『鈴とリンのひみつレシピ！』『ベストフレンド〜あたしと犬と！』『わんこのハッピーごはん研究会！』（あかね書房）「ゆうれいママ」シリーズ（偕成社）、『つの笛がひびく』（翠琥出版）などがある。埼玉県在住。

画家
高橋由季
たかはしゆき

イラストレーター。書籍、雑誌、広告など様々な媒体で活躍。挿絵を手がけた作品に『スパイガール GOKKO 温泉は死のかおり』（ポプラ社）がある。カヤヒロヤとデザインユニット「コニコ」としても活動。

装幀
城所潤
JUN KIDOKORO DESIGN

俳句ガール

2018年12月21日　第1刷発行
2023年 5 月20日　第4刷発行

作者　堀　直子
画家　高橋由季

発行者　小峰広一郎
発行所　株式会社 小峰書店
〒162-0066 東京都新宿区市谷台町4-15
電話 03-3357-3521
FAX 03-3357-1027
https://www.komineshoten.co.jp/
印刷　株式会社 三秀舎
製本　株式会社 松岳社

NDC 913　164P　21cm　ISBN978-4-338-31902-7